「俺も、何かしたほうがいいの？」

「しなくていい。お前はただ感じていればそれでいい」

尚之は未だ硬度を失わない俺の昂りをそろりと撫でながら、耳元に囁きを落とす。

耳朶を軽く嚙まれ、耳殻を舐められ、ぞくぞくと背筋が震えた。

「あっ……」

愛欲トラップ

愛欲トラップ

藤崎　都

14030

角川ルビー文庫

CONTENTS

黒川 彬
くろかわあきら
兄の秘書である古城に片想いをしている高校生。美少女と見紛うほどの顔立ちだが、気が強くワガママ。尚之とは幼馴染み…？
梶浦尚之
かじうらなおゆき
彬の幼馴染みで弓道部所属。寡黙で優秀。周りから一目置かれるタイプ。幼稚部から中等部まで彬と一番仲のいい友達だったけど…？

黒川龍二《くろかわりゅうじ》
水商売系の店の経営や、ヤクザ紛いの仕事をしている。眼光が鋭く、野性味のある風貌。彬の腹違いの兄。
支倉奈津生《はせくらなつき》
繁華街の外れにある小さなバーのバーテンダー。優しく穏やかな風貌をしているが、内面は頑固で気が強い。龍二の恋人。

口絵・本文イラスト／蓮川　愛

1

「なあ、黒川《くろかわ》。いまフリーなら、俺とつき合わねー?」

「やだ」

土曜日の放課後、帰り際《ぎわ》に三年の先輩《せんぱい》に屋上へ続く階段の踊《おど》り場《ば》に呼び出された俺、黒川彬《あきら》は、その誘《さそ》いを微《み》塵《じん》の迷いもなく断った。

その理由は簡単。

俺には他《ほか》に好きな相手がいるからだ。

その人にはずっと片想《かたおも》いだけれど、その淋《さび》しさを埋《う》めるために誰《だれ》かとつき合おうなんてことは思わない。だって、そんなことをしたって虚《むな》しいだけだし、何より時間の無駄《むだ》だ。

ウチの学園は幼稚《ようち》部から高等部まで男子のみで構成されているため、味気ない学園生活に娯《ご》楽《らく》を求め、比較的《ひかくてき》顔立ちの整った生徒をアイドルとして担《かつ》ぎ出すことも少なくない。

自分で云《い》うのも癪《しゃく》だけど、この俺も人より成長がやや遅《おそ》いために未《いま》だ華奢《きゃしゃ》な体形と、女の子と間違《まちが》われることもある童顔のせいで、この手の告白は数えるのがバカらしくなるほど受けた。

そのどれもこれもを断っているうちにそういった呼び出しはすっかり鳴りを潜《ひそ》め、平穏《へいおん》な毎日を送っていたんだけど——。

「んだよ、つれないなぁ。別にヤリ友でもいいけど？　最近、つき合ってるやついないんだろ？　そっちのほうもご無沙汰《ぶさた》してんじゃねーの？」

「………」

前言撤回《てっかい》。

好きな相手がいようといまいと、こんなふざけた野郎《やろう》はお断りだ。

一年前ならバカにするなと大暴れしていたところだけど、ようやく最近どうでもいい人間に体力を使うことのアホらしさに気づいた俺は、こういった手合いは無視するのが一番だと悟《さと》った。

怒《おこ》るにしろ諭《さと》すにしろ嘲《あざけ》るにしろ、相手にするから調子に乗ってしつこく絡《から》んでくるのだ。

その教訓に基《もと》づき、俺はため息をつきながらくるりと踵《きびす》を返す。

「お、おいっ、どこ行くんだよ！」

「うるさいな。俺、早く帰りたいんだよね」

こんな下らない用事に割《さ》くような時間は、一秒も持ち合わせてないんだっつーの。

少しでも暇《ひま》があるなら『あいつ』の顔を見に行ったほうが何万倍も有意義だ。

「帰るって…コラ、待てよッ！　先輩の云うことが聞けないのか!?」

「あんたに命令される筋合いは――痛ッ」

背後から伸《の》びてきた手に、突然《とつぜん》手首を摑《つか》まれる。変な方向に引っ張られた腕《うで》が痛く、俺は思わず顔を顰《しか》めた。

「何すんだよっ!!」

「お前さぁ、昔あの梶浦《かじうら》とつき合ってたんだろ？　だったら、かなり遊んでるんじゃねえ？」

「はあ？」

摑まれた手を振《ふ》り払《はら》おうとした瞬間《しゅんかん》、身に覚えのないことを云われた俺は、反射的に相手を振り返った。

男の視線はねっとりと俺の体に纏《まと》わりつき、口元にはいやらしい笑《え》みが浮《う》かんでいる。あからさまな欲望を向けられ、嫌悪感《けんおかん》にゾクリと鳥肌《とりはだ》が立った。

「どうせ、その体も梶浦に可愛《かわい》がってもらってんだろ。初めてでもないのに、勿体《もったい》ぶるなよな」

「ふざけんなっ！　俺はあいつとなんかつき合ってねーよ!!」

何で俺が、梶浦なんかと…!!

こんな下衆《げす》な相手に怒る労力も勿体ないとは思うけれど、頭に上った血はどうしようもない。

俺は激情に任せて怒鳴《どな》りつけ、それと同時に摑まれていた手を力任せに薙《な》ぎ払った。

その拍子《ひょうし》に手の先が男の顔を掠《かす》め、頰《ほお》に赤い線を走らせる。

「つ…っ、何しやがんだ!!」

ざまあみろと思った途端《とたん》、頰に引っ掻《か》き傷を作られた男はからかいの表情を引っ込め、怒《いか》りに任せて俺の体をドンと突《つ》いてきた。

――すると…。

「うわ…ッ」

マジかよ⁉　後ろが階段だったって、忘れてた‼

傾《かし》いだ体を支えようと伸ばした手も手摺《てす》りには届かず、虚しく空を切る。

落ちる――‼

自分の失態を呪《のろ》いながら、俺は床《ゆか》に体をぶつけることを覚悟《かくご》して目を瞑《つぶ》った。

「…………」

……あ……れ……？　痛くない…？

それどころか、何か温かなものに抱《だ》き留められたような感触《かんしょく》がする……。

「階段の傍《そば》で騒《さわ》ぐなと初等部で習わなかったか？」

「なお…っ、梶浦⁉」

反射的に見上げた先にあるのは、嫌《いや》なくらい見覚えのある――顔。

何で、こいつがここにいるんだ⁉

俺は『尚之《なおゆき》』と昔の呼び名を口にしてしまいそうになり、慌《あわ》てて云い直した。いまは気安く名前で呼び合うような仲じゃない。

偶然《ぐうぜん》にしたって、こいつにこんなみっともないところを見られた上、助けられるなんて不運にもほどがある。

「間違えればケガどころじゃすまないぞ。あんた、何考えてるんだ？」

尚之は冷ややかな眼差《まなざ》しのまま、階段の上で自分のしでかしたことに呆然《ぼうぜん》としている三年生に云い放った。

「あのなあ！　俺はわざとしたわけじゃねーよ…っ！　そいつが俺の顔に爪《つめ》なんか立てるから悪いんだ!!」

完全に責任転嫁《てんか》した物云いに、俺はカチンとくる。

そもそも、ここに俺を呼び出して品性のない誘いをかけてきたのはどこの誰だッ!?

文句を云おうと口を開いたけれど、それよりも先に尚之が冷ややかな言葉を放つ。

「それは、あんたが爪を立てられるようなことをしたからじゃないのか？」

「うるせえ!!　お前、二年だろ!?」

「だから？」

「…っ！　先輩にそんな口利《き》いていいと思って――――」

ところが、自分勝手な文句を捲《まく》し立てていた三年が、言葉途中で何故《なぜ》か突然ぴたりと黙《だま》り込んだのだ。その上、逆ギレとしか云いようのない怒りに赤くしていた顔には、引き攣《つ》った表情が浮かんでいる。

「……？」

その変化を不思議に思って再び尚之の顔を見上げると、梶浦は心さえも凍《こお》りつきそうな冷ややかな視線で三年を睨《にら》みつけていた。

あれ…？　怒ってる……？

俺と連《つる》んでいた頃《ころ》、他人にあまり興味を示すことのなかった尚之は、怒りを見せることなど皆無《かいむ》に等しかった。こんなふうに不機嫌《ふきげん》さを露《あら》わにすることもほとんどなかった。

だけど――だからこそ、尚之が本気で怒ったときの怖《こわ》さを俺は知っていた。

……久しぶりに、見た…。

怒りを向けられているわけではない俺もざわりと鳥肌を立てるほど、いまの尚之の放つオーラに恐怖《きょうふ》を感じる。

でも、どうしてこんなに機嫌が悪いんだろう？

醜態《しゅうたい》を晒《さら》していた俺たちに呆《あき》れているとか？　それだけでここまでの怒りを見せるとは考えにくいから、もしかしたら虫の居所が悪かったのかもしれない。

睨まれたままの三年の様子を窺《うかが》うと、明らかに怯《おび》えた表情を浮かべていた。

「な…何だよ…何が云いたいんだよ……」

「――――」

無言の圧力に、口を挟《はさ》む隙《すき》も見当たらない。やがて、三年は恐怖を張りつかせた表情でじりじりと壁際《かべぎわ》に寄ったかと思うと、弾《はじ》かれたように踵を返した。

「わ、悪かったよ…俺が悪いんだろっ！」

「あ…っ」

捨て台詞《ぜりふ》のようにして残された謝罪の言葉は白々しい響《ひび》きを持っていたけれど、面倒《めんどう》ごとが一つ去ってくれたことには変わりがない。

「…………」

そして訪《おとず》れたのは、気まずいほどの静けさ。

何と声をかけたらいいかと困っていると、尚之は不安定な俺の体を抱き起こし、階段の途中に立たせてくれた。

何か言葉をかけるべきだろうかと頭を捻《ひね》り、何とか無難な単語を思いつく。

「…悪い」

「別に」

別にって……人が礼を云《い》ったんだから、もうちょっと何か云うことはないのか⁉

そっけなさすぎる尚之の態度に、さっきの三年に対するものとは違《ちが》う種類の苛立《いらだ》ちが募《つの》る。

この梶浦尚之は、幼稚《ようち》部、初等部、中等部と、俺とは一番仲のいい友達だった。『だった』というのは、それがもう過去の話だからだ。

こいつ以上の友達はいないと思っていたのに、何故か中等部三年の秋以降、一方的に距離《きょり》を置かれるようになったせいで、いまではすっかり疎遠《そえん》になってしまっている。

初めは、何か怒《おこ》らせてしまったのかと考え、色々と仲を修復するための努力もしたけれど、結局功を奏することはなく、一方的に避《さ》けられることへの腹立たしさから俺のほうからも声をかけなくなっていった。

だから、こうしてお互《たが》いに手の届く距離にいること自体、二年ぶりくらいかもしれない。

――って、そっか…もう、二年も経《た》っちゃったのか……。

改めて尚之と対峙《たいじ》すると、過ぎた歳月を感じずにはいられない。

俺より少し高いだけだった身長は、今は一八十を超《こ》えたのではないかと思えるほど伸び、細かった手足にも筋肉がついて、制服の上からでもわかるくらい体格がよくなった。

おまけに、俺に言わせれば『ただの無表情』でしかないとはいえ……すっかり子供っぽさが抜《ぬ》け、周囲に『精悍《せいかん》な男前』と騒がれるほどの整った綺麗《きれい》な顔立ち。そして、女の子たちがこぞって「触《さわ》ってみたい。見つめられてみたい」なんて云っている、少し長めのサラサラで真っ黒な髪《かみ》と、同じ色の瞳《ひとみ》……。

――つまり端的《たんてき》に云うと、二年前とは比べものにならないくらいカッコよくなっているということだ。

変わっていないのは、揺《ゆ》らぎのないまっすぐなキツイ視線だけ――。

だけど、久しぶりにその黒い瞳にじっと見つめられた俺は、思わずたじろいでしまった。

「な…何だよ……」

「――別に」

尚之はさっきと同じ台詞を繰《く》り返すと、何事もなかったかのように踵《きびず》を返し、その場を立ち去っていった。振《ふ》り返りもしないそっけなさに、俺はまた苛立ちを覚える。

「んだよ、感じ悪いなー…」

昔の尚之は、もっと可愛《かわい》げがあったのに。

マイペースな上に無愛想で、感情を上手《うま》く出せずに誤解されることが多かったけれど、せっかちな俺とは不思議とウマがあった。

ぼんやりとしていたせいで、いじめの対象になっていたこともあるけれど、そういうときは片《かた》っ端《ぱし》からそいつらを俺が懲《こ》らしめて回ったものだ。

だけど、俺から離《はな》れていったあとの尚之の評判は、それまでの目立たなかったときのものとは正反対と云えるようなものだった。

他校にたくさんの彼女がいるとか、ウチの大学のお姉様方と遊んでいるとか。とにかくそれは奥手で大人しかった昔の尚之からは想像もできない内容ばかりで、俺は噂《うわさ》を聞かされるたびに『まさか』と笑って否定してきた。

けれど、火のないところに煙《けむり》は立たないというし、そういった噂が立つような事実が実際にあるのかもしれない。

どこまでが真実で、どこからが派生した尾鰭《おひれ》なんだろう?

出逢《であ》ったばかりの頃の尚之は、まるで美少女だったけれど、いまの尚之なら、年上の女の人が隣《となり》に立っていても何ら不自然ではない気がするし、遊んでいると言われたら、納得《なっとく》してしまうような気さえする。

「昔は、ホント可愛かったのになぁ…」

尚之との出逢いは、幼稚園に初めて行った日のことだ。

住んでいるところから数駅離れた場所にあるその清蔭《しょういん》学園という私立校の付属幼稚部は、祖父《じい》さんの命令で通うことになったのだが、俺はあんまり行きたいとは思っていなかった。

通うのが面倒だということもあったけれど、普段《ふだん》家からほとんど出たことがなかった俺は外の世界が怖かったのだ。そのくせ意地っぱりだった俺は、素直《すなお》に怖いとも云えず、当日を迎《むか》えた。

入学式に車で送ってもらうことになり、家の前で仕度《したく》に手間取る母親を重い気持ちで待っていたとき、俺は家の前を通りかかったやつと目が合った。

母親に手を引かれ、自分と同じ制服を着たそいつは、いまにも零《こぼ》れ落ちそうなぱっちりとした大きな目が印象的で、俺はまじまじと見つめてしまった。

俺と同じズボンをはいているから、男だってわかったけれど、まるで女の子みたいに可愛くて思わずドキドキとしてしまったことを覚えている。

『あら、なおくんと同じ幼稚部の子よ。こんにちは、君も清蔭の幼稚部に通ってるの？』

じっと同じ制服のやつを見ていると、そいつの隣にいた女の人がにこやかに話しかけてきた。

『ううん、まだ行ってない』

人慣れしていなかった俺は、緊張《きんちょう》しつつ首を横に振った。

『あら、じゃあウチの尚之と一緒《いっしょ》ね。この子も今日から通うことになったのよ。よかったら、お友達になってくれる？』

『友達？　うん、いいよ』

『ありがとう。なおとずっと仲よくしてやってね。ほら、なおもちゃんとご挨拶《あいさつ》なさい』

『かじうらなおゆきです』

そいつは、きっといっぱい練習したのだろうと思われる言葉と共にぺこりと頭を下げた。

幼心にも自分と同じように緊張しているのが見てとれて、俺はほっとした。自分だけじゃなかったんだってわかって。

『おれはあきら。よろしくな』

『うん！』

緊張に強張《こわば》っていた顔が、ふわりと綻《ほころ》んだ瞬間《しゅんかん》のことを俺は一生忘れないだろう。

尚之は、生まれて初めての友達だった。

俺は初めての友達がこんなに可愛い子だということが、嬉《うれ》しくて嬉しくて堪《たま》らなかった。

それからと云うもの、何をするにも俺は尚之と一緒だった。遊ぶのも弁当を食べるのも、イタズラをするのも全部尚之と二人でやった。

唯一《ゆいいつ》、俺たちに降りかかった災難は同学年のやつらからのイジメだ。

清蔭の幼稚部の倍率はかなりのもので、プライドの高い良家か資産家の子供がほとんどだったため、幼稚部で平等に扱《あつか》われるということに不満を覚えた一部が自分よりも格下の人間を作ろうとし始めたのだ。

二人とも体が小さくて顔も女っぽかったのが災《わざわ》いしたようで、一旦《いったん》標的にされてからはしつこかった。尚之は女の子のような容姿と大人しくてからかいやすいところを、俺は当時母親しかいないということが親づてに広まっていたらしく、それをネタに仲間外れにされたのだ。

でもそれが、俺たち二人の結束を強めてくれたのだと思う。

『こっちくんなよ、男女《おとこおんな》っ』

『男だけで遊ぶんだから、お前は仲間に入れないんだよ！』

『ぼくだって、男だもんっ！』

ある日の休み時間、先に行っていた尚之を追いかけてブランコのところに向かっていた俺の視界に不愉快《ふゆかい》な光景が飛び込んできた。

『女みたいな顔してるくせに何云ってんだよ』

『ぼく……ぼく……っ』

『げー、男女が泣いてる。きもちわりー』

『……っ!!』

走って俺が尚之のところに辿《たど》り着いたときには、もう耐《た》えきれずにあいつは泣き出してしまっていた。

『コラ!! お前ら、またなおをイジメてんな!?』

『うわっ、あきら!!』

めそめそと泣く尚之を背中に庇《かば》い、元気づけようと声をかけた。

『泣くなよ、なお。あんなやつら、おれが仕返ししてやるから』

『でも、乱暴なことはよくないって、先生が……』

当時の俺はすでに暴れん坊《ぼう》で有名になってしまい、何度も何度も先生に注意を受けていた。

でも、そのどれもがイジメに対する仕返しだったのだが、大人は表面しか見てくれない。語《ご》彙《い》の少ない子供にはそれらを正しく伝える術《すべ》はなく、自分を守ることで精一杯《せいいっぱい》だった。

『お前だってムカつくこと云《い》われたんだろ!?』

ムカつくこと云われたんだったら、同じくらいのことをやり返さなきゃ気がすまない。

キッと睨《にら》みつけると、なおを泣かせたやつらはたじろいで後退《あとじさ》った。だけど、人数が多いことが強みのようで、徒党を組んでブランコの前に立ちはだかった。

『何か文句あんのかよっ』

『ブランコは順番で使いなさいって、先生が云ってただろっ！』

『うるせーな！　おれたちが先にとったんだから、おれたちのもんだ!!』

『そーだ、そーだ』

子供っぽい理論に呆《あき》れた俺は、白けた目をそいつらに向けた。

『バカじゃねーの。それ、おまえらのもんじゃなくて幼稚部のもんじゃん』

『いっ、いまはおれたちに使う権利があるんだよ…っ！　お前ら邪魔《じゃま》だからどっか行けよ!!』

覚えたばかりの単語を振りかざすそいつらは、俺の目にはバカにしか見えなかった。誰《だれ》かを見下さなければ保てないプライドなんて、くそくらえだ。

『痛っ！　何すんだよ!?』

ドン、と肩《かた》を突《つ》かれ、よろめいた弾《はず》みにブランコの周りの柵《さく》にぶつかる。

実は俺はこれを待っていたのだ。ケンカのあと、先生たちは誰が一番初めに手を出したのかと聞いてくる。

どっちに原因があろうと、最初に乱暴したほうが謝らなくてはならないのだ。

『あーくん!!　大丈夫《だいじょうぶ》!?』

『このくらい、何ともないって。なおは下がってろよ』

『でも……』

『おまえもウザいから、どっか行けよ!!』

『わっ』

間に入った尚之も突き飛ばされ、地面に尻餅《しりもち》をついた。それを見た瞬間、俺はぷつりとキレてしまった。

『なおに何すんだよ…ッ!!』

自分が乱暴されることよりも、尚之に酷《ひど》いことをされることが何より俺の怒《いか》りに触《ふ》れた。

ブランコを占領《せんりょう》しているやつらに摑《つか》みかかり、力いっぱい殴《なぐ》りつける。四対一のとっくみあいになったけれど、俺は負けるつもりなんてなかった。

ケンカの仕方は習ったばかりだから、絶対に勝てる。

その確信通り、ほどなくして四人は泣き出し、騒《さわ》ぎを聞きつけた先生たちが駆《か》けつけた。

結局、泣かせてしまった俺にも非があるとのことで、お互《たが》いに謝ることになったが、そいつらとの対立はそれからも続いた。

『……ごめんね、ぼくのせいであーくんが怒《おこ》られちゃって……』

『なおのせいじゃねーよ。あいつらが、なおに酷いこと云うのが悪いんだ。なおも突き飛ばされただろ？　大丈夫だったか？』

『うん、平気。あーくんのほうが大変だよ。これ、痛いよね…？』

『たいしたことないって。俺が一緒に行ってれば、なおに嫌《いや》な思いさせなくてすんだのにな…

…』

『あーくんは何にも悪くないよっ』

『なおは、ずっと俺が守ってやるからな』

『ホントに……？』

『そうだっ！　なおは俺のお嫁《よめ》さんになればいいんだよ!!』

『およめさん？』

『うん、そしたらずっと一緒にいられるじゃん。ウチのおかあさんはおとうさんと結婚《けっこん》できなかったから、一緒にいられないんだって云ってた。だったら、結婚すれば一緒にいられるってことだろ？』

幼稚園児《ようちえんじ》にしてはマセていた俺だったが、結婚について一部誤解をしていたのだ。いま考えると苦笑《くしょう》ものだが、当時は大真面目《おおまじめ》にそう考えていた。

『じゃあぼく、あーくんのお嫁さんになる』

『本当だな？』

『うん！　ずっと一緒にいる！　約束だよ？』

『おう！　男と男の約束だ』

差し出された小指に自分のそれを絡《から》め、ぶんぶんと上下に振《ふ》った。

男と男の約束で、結婚を誓《ちか》い合うこと自体がおかしいのだけれど、俺たちにとっては大事な約束だったのだ。

きっともう、あいつはそんなこと忘れちゃってるだろうけど……。

「——って云うか、もう、あいつのことなんてどうでもいいじゃん」

さっきはたまたま助けてもらったけど、礼は云ったんだし。尚之も成り行きであんな場面に遭遇《そうぐう》してしまっただけなんだろうから、いつまでも引き摺《ず》ってる必要なんてないはずだ。

俺は思考を断《た》ちきり、鞄《かばん》を置きっぱなしにしてある教室へと足を向ける。

早く帰って『あいつ』のとこに遊びに行こう。

そうしたらこの嫌な気分も晴れるはず——俺はそう自分に云い聞かせながら、歩みを速めたのだった。


「ただいま……っと……。あれ？」

無駄《むだ》に広い敷地《しきち》の周りをぐるりと迂回《うかい》し、正面玄関《げんかん》から家に入った俺は、そこにでかい靴《くつ》が二足並んでいることに気がついた。

これ、兄貴のと古城《こじょう》のだ。

ウチに揃《そろ》って来るなんて珍《めずら》しいけど、親父《おやじ》に仕事の話でもしに来たんだろうか？

腹違《はらちが》いの兄・黒川龍二《りゅうじ》と俺が初めて逢《あ》ったのは中学生のとき。愛人という立場だった母と今の父が正式に籍《せき》を入れ、内々の結婚式を挙げた日だった。

ずっと母に淋《さび》しい思いをさせていた父には、なかなか打ち解けることができなかったけれど、愛想《あいそ》の一つもない兄貴のことを俺は一目見た途端《とたん》に気に入ってしまった。

他《ほか》の親類の大人とは違い、子供の俺の機嫌《きげん》を取ろうともしない態度が新鮮《しんせん》だったこともあるけれど、何よりもその立ち姿のかっこよさに目を奪《うば》われたのだ。

『あんたが俺の兄貴になるの？』

『そうみたいだな…』

俺の問いかけに気のない返事をしたあと、兄貴は堅苦《かたくる》しい席にうんざりしているといった態度で胸ポケットを叩《たた》いて何かを確認《かくにん》し、どこかへ行こうとした。

『どこ行くの？』

『煙草《たばこ》。こんなとこにずっといたら息が詰《つ》まる』

『俺も一緒《いっしょ》に行くっ』

思わずそう云ってから後悔《こうかい》した。

自分だって母の結婚に対して複雑な思いを抱《かか》えているのだから、兄貴も両親が離婚《りこん》する理由になった人間の子供なんて快く思っていないかもしれない。

兄貴が何も云わずに背中を向けたのを見て、俺は懸《け》念《ねん》を確信に変えた。

相手をするのも鬱陶《うっとう》しくて黙《だま》って行こうとしたのだろうと思ったけれど、次に告げられた言葉は意外なものだった。

『一緒に来るんじゃなかったのか？』

『え…いいの？』

『お前も退屈《たいくつ》なんだろ。飲み物くらい買ってやる』

『うんっ』

兄貴はだいぶ歳《とし》の離《はな》れた俺を邪険《じゃけん》にすることなく、式が始まるまでちゃんと相手をしてくれた。寡黙《かもく》で言葉遣《づか》いも乱暴だったけれど、兄貴の隣《となり》は何故《なぜ》かとても居心地《いごこち》がよくて、その日はずっとついて回ったことを覚えている。

こんな人が俺の兄貴になってくれるのかと思うと本当に嬉《うれ》しかった。

兄貴は大学を卒業したと同時にこの家を出てしまったけれど、こうしてちょくちょく顔を出してくれるし、部屋に遊びに行っても嫌な顔もせずに招き入れてくれるから、淋しいと思ったことは一度もない。

それに、俺には古城もいる――……。

古城というのは兄貴の秘書で、元々は俺の母親の家に仕えていた人間だ。

母親の実家というのは、いわゆる地元の名家で、大きな会社を経営している資産家で。古城の家は、代々その母親の実家に仕えている。

昔、俺の母は、今の父と出逢いお互いに一目で恋《こい》に落ちたのだが、当時妻子のいた父と何の問題もなく結婚ができるわけもなく、周囲の反対を押しきって、身籠《みご》もった俺を生んだそうだ。

だけど、よくも悪くもお嬢様《じょうさま》だったため、家事を一切《いっさい》したことがなかった俺の母親に子育ては難しく、結局俺の面倒《めんどう》を見ることになったのは、その当時、母の世話係でもあった古城だった。

それこそ——俺は覚えていないけれど——おむつを替《か》えたり、お風呂《ふろ》に入れたりから始まり、寝《ね》かせるためにずっと横についていてくれたりまでしたらしい。

幼稚部での運動会や、初等部での授業参観に顔を出してくれたのも、イジメっ子に対するケンカの仕方を教えてくれたのも古城。家事などの世話はお手伝いの人がやってくれていたけれど、それ以外のほとんどは古城の役目だった。

だから父親がいなくても、一度だって淋しいと思ったことはない。古城さえ傍《そば》にいてくれれば、俺はそれでよかった。

母さんの結婚が決まったときは、古城と一緒にいられなくなるかもしれないと焦《あせ》ったけれど、ラッキーだったのは、起業を理由に家を出て行った兄貴が、古城を秘書にしたこと。

どんな縁《えん》があったのかはわからないけれど、そのお陰《かげ》でいまでもちょくちょく会うことができるのだから詳《くわ》しいことはどうでもいい。これからも古城に会うことができるのだと思うと、嬉しくて堪《たま》らなかったことを覚えている。

でも、最近はゆっくり話も聞いてくれないんだよな。

仕事で忙《いそが》しいからってあんまり構ってくれないし、メールの返事もろくにくれないし、一人暮らしをしている部屋まで遊びに行っても留守番ばっかりさせられるし。

たまには兄貴じゃなくて、俺につき合ってくれてもいいと思うんだけど。

「そうだっ」

どうせならこっそり近づいて驚《おどろ》かせてやれ。最近、全然相手をしてくれなかった仕返しだ。

そう思って、気配を消しながらリビングに近づくと、案の定そこには二人の姿があった。ソファーに凭《もた》れ、煙草を吹《ふ》かす兄貴とは対照的に古城は常に姿勢を正したままでいる。

飛び出すタイミングを窺《うかが》っていると、会話が聞こえてきた。

「――お前、まだあの人のことが好きなのか？」

「!?」

兄貴の口から発せられた言葉に、俺はひゅっと息を呑《の》んだ。

あの人って……？

古城に好きな人がいるなんて、聞いたことがない。兄貴よりも俺のほうが古城とのつき合いは長いはずなのに、どうして俺も知らないことを知ってるんだ？

はらはらと古城の返答を待っていると、古城の口から憮然《ぶぜん》とした答えが返った。

「……余計なお世話です」

こんなふうに不機嫌な古城の声も初めて聞いた。

でも古城の年齢《ねんれい》を考えれば、好きな相手どころか、恋人くらいいてもおかしくはない。俺にはそんなそぶりを見せたことはないけれど、「好きな人がいる」なんて他人にあえて云《い》うことじゃないもんな…。

そう思うと納得《なっとく》はできるけれど、古城に『好きな人』がいる事実に、俺は明らかにショックを受けていた。

「今日だって、もしかしたら会えるかもって思って俺について来たんだろ？ 健気《けなげ》なのはいいが、不毛すぎやしないか」

「十年近く初恋を引き摺ってたようなあなたに云われたくありません」

「俺はもう捕《つか》まえたからいいんだよ。だいたい、お前も似たようなもんじゃねぇか。長い片想《かたおも》いだよな。相手はもうとっくに人妻なんだから、諦《あきら》めたらどうだ？」

ひ、人妻!?

「……うそ……」

兄貴について来たら会えるかもしれない、人妻——兄貴の言葉から察するに、つまり……古城の好きな相手というのは、俺の母さんのこと……？

俺はあまりの驚きに、頭の中が真っ白になってしまった。しかし、衝撃《しょうげき》はそれだけでは終わらなかった。

「まあ、それをだしにしてお前を引き抜《ぬ》いた俺に、あまり強いことは云えんがな。だが、身替《みが》わりみたいに彬を可愛《かわい》がるのはやめろ。お前だって、あいつの気持ちくらいわかってんだろ？」

「――――」

「!?」

いま、何て…？

兄貴の問いかけと黙り込んだ古城の態度に、俺の体からは血の気が引いていき、何気なく云われた言葉が、俺の頭の中で木霊《こだま》する。

『身替わり』ってどういうことだよ？

古城の好きな人は、俺の母親で、その身替わりが俺ってこと――――？

「……そんな……」

見開いた目の奥がじわりと熱くなり、視界がゆっくりとぼやけてくる。瞬《まばた》きをしたらこの胸に渦巻《うずま》く感情が、堰《せき》をきって迸《ほとばし》ってしまいそうでできなかった。

俺は、物心つく前から傍にいる古城のことが、ずっと好きだった。そして、いまでもその気持ちに変わりはない。

だけど、この関係を壊《こわ》したくないという思いから、気持ちを口にしたことは一度もなかったというのに。ずっと秘《ひ》めていた気持ちを二人に知られていただけじゃなく、いままでの自分への古城の態度が、全《すべ》て母親への想いからのものだったなんて……。

「あんまり期待させんなよ。お前だって、あいつを泣かせたくなんかないだろう?」

どくん、どくん、と心臓がうるさく鳴り響《ひび》き、耳鳴りまでしてくる。膝《ひざ》ががくがくと震《ふる》え、俺はその場に立っているのがやっとだった。

「……何云ってるんですか。彬さんはまだ子供ですよ」

「バカ、だから忠告してんだ」

——嫌《いや》だ……っ、もう聞きたくない!!

俺はぎゅっと目を瞑《つぶ》り、両手で耳を塞《ふさ》ぐ。

「下らない話はもうやめましょう。喋《しゃべ》りすぎて喉《のど》が渇《かわ》いたでしょう? 何か飲み物を貰《もら》ってきます」

「……っ」

古城が立ち上がったのを見て、俺はギクリとなった。

俺がいま、話を聞いていたと知ったら古城はどう思うだろう?

怒《おこ》るだろうか? それならまだしも、苦い表情をされたりしたらと思うと、いても立ってもいられなくなった。

慌《あわ》ただしく玄関《げんかん》に戻《もど》った俺は、置きっぱなしにしていた鞄《かばん》を拾って革靴《かわぐつ》に足を突《つ》っ込み、転げるようにして家の外へ出た。

吹きつける風は、さっきよりも冷たいように感じる。

切なさも悲しさも振《ふ》りきれたらと、家を飛び出した俺は行き先も考えずにただがむしゃらに足を動かした。

走って走って、疲《つか》れきった足がもつれそうになったのは、線路の反対側にある住宅地だった。以前住んでいたこの場所は、昔の面影《おもかげ》を残しつつもいくつもの家が建て替えられ、知らない街へと変わりつつあった。

「……っ、はあ、はあ……」

息はきれ、疲れきった体は鉛《なまり》のように重い。俺は膝に手をついて、荒《あら》い呼吸を繰《く》り返した。

何も考えずに走ってしまったけれど、これからどこへ行こう。

家には絶対に戻りたくないし、学校の友達を呼び出して騒《さわ》ぐ気分にもなれない。

「あ、そういえばここって……」

小さい頃《ころ》、友達とよく遊んだ公園のすぐ傍だ。

「とりあえず、あそこで時間を潰《つぶ》そうかな……」

のろのろと角を曲がると、開けた視界の先に小さな公園が見えた。

昔はもっと広かったように思えるのは、俺が成長したからだろうか？　色とりどりの遊具さえ小さくなってしまったかに見える。

「懐《なつ》かしいな……」

淋《さび》しげに佇《たたず》むブランコに座ってみると、足が余ってしまうほど低くて、漕《こ》ぐのはなかなか難しい。

地面を軽く蹴《け》って弾《はず》みをつけると、キイ…と金属の擦《こす》れる音がした。

小さい頃はよく、嫌なことがあるたびにここに来て泣いてたっけ。

母親が結婚《けっこん》する前は、俺はよく片親ということで周囲にからかわれていた。もちろん、バカにしてきた相手はこてんぱんにのしてやったけれど、心の傷がそんなことで癒《い》えるはずもなく、こっそりと悔《く》し泣きをするために俺はここに来ていたのだ。

ひとしきり泣いたあと、ここの水道で顔を洗ってから家に帰るのがいつものパターンだった。からかわれたことを母親に知られたくないという気持ちもあったし、古城に泣いているところを見られたくないという意地もあった。

いま思うと、物心もつかないあの頃からすでに古城のことが好きだったのかもしれない。情けない顔なんて見せたくない。あいつの前では笑っていたい。

でも——そうやって気丈《きじょう》にしていられたのは、泣いているとき一人じゃなかったからだ。

普段《ふだん》通り振る舞《ま》っているはずなのに、俺が気落ちしているのを見抜いて傍《そば》にいてくれたのは外でもない尚之だった。

慰《なぐさ》めの言葉をかけるわけでもなく、ただ黙《だま》って隣《となり》にいてくれたことが俺にとってはありがたかった。意地っ張りな俺は淋しいなどと自分から云《い》えず、かといって『大丈夫《だいじょうぶ》？』などと云われたら無理にでも涙《なみだ》を止めていただろう。

先に帰れと云っても云うことを聞かず、俺が泣きやむまで必ず隣で静かにブランコを漕いでいた。あの規則正しく聞こえてくる金属音が、ささくれだった俺の心を宥《なだ》めてくれていたように思える。

星が見え始めてから家に帰ると、心配した古城が怒って待っていたけれど、そんなときも尚之は一緒《いっしょ》になって怒られてくれたんだよな。

それなのに、いまでは挨拶《あいさつ》も交《か》わさない仲になってしまった。

俺にとっては大事な友達だったのに。当初は、理由もわからないまま疎遠《そえん》になったことは、悲しくて淋しくて、そして腹立たしかった……。

「俺、あいつに何かしたのかなぁ……」

何度も何度も考えてみたけれど、尚之が離《はな》れていった原因が何なのかはさっぱりわからない。

自分にわがままで無神経なところがあることは自覚しているけれど、それだけであんなふうに距離《きょり》を置かれたとは思えないのだ。

「あーあ…嫌なことばっかだよな…」

俯《うつむ》いたままため息をついていると、突然《とつぜん》、声をかけられた。

「こんなところで何やってるんだ」

「…っ!?」

途端《とたん》、俺は驚《おどろ》きの余り、ブランコから滑《すべ》り落ちそうになった。鎖《くさり》の部分にしがみつき、何とか顔を上げると、そこには尚之がいたのだ。

な…何で、こいつがここにいるわけ…？

「か、関係ないだろ。もう友達でも何でもないんだから構うなよ」

思わず八つ当たりのような態度を取ってしまう。

けれど、尚之は気にする様子もないまま俺の手を掴《つか》むと、強引《ごういん》に引っ張って立ち上がらせた。

そして、そのままずんずんとどこかへ向かっていく。

「来い」

「なっ……何のつもりだよッ」

「この辺は最近、夜になると危ない」

「んなこと知るかっ！　つか、まだ昼過ぎじゃねーか!!」

そう云って抵抗《ていこう》するけれど、尚之の手は緩《ゆる》まない。

「どうせ日が暮れるまでいるつもりだろう。あと三十分もすれば子供たちが集まってくるぞ。

お前は人前で泣くつもりなのか？」

「泣かねーよ!!」

お前、俺のことといくつだと思ってんだ!?

俺がそんなみっともないことするわけないだろう!!

「いいから放せ！」

「ダメだ」

何なんだよ、いったい！

俺から離れてったのは尚之のほうじゃん。今更《いまさら》、何のつもりなんだよ？

しかし、何度「放せ」と云っても、尚之は一切《いっさい》耳を貸さず、問答無用とばかりにぐいぐいと俺を引っ張っていく。しばらくはわめいていたけれど、一度決めたら梃子《てこ》でも動かない尚之の頑固《がんこ》な性格を思い出した俺は、やがて抵抗するのを諦《あきら》めた。

そうして、尚之に引き摺《ず》られるようにして連れて行かれたのは、公園のすぐ傍にあるマンションの一室だった。

「どこだよ、ここ」

マンションのエントランスを見た限り、比較的《ひかくてき》新しい建物のようだが、この部屋はいったい誰《だれ》のものなのだろう？

室内を見渡《みわた》したところ、間取りは1LDKといったところだ。

「俺の家。どうせ、家には帰るつもりはなかったんだろ」

「うるさい。っつーか、前の家はどうしたんだよ」

小学生の頃、遊びに行ったことがある尚之の家は広い庭のある純和風の一軒家《いっけんや》だったはずだ。

ここのマンションも広いほうだと思うけれど、一家族で住むには部屋が少ないように思える。

「人に貸してる」

「じゃあ、おじさんとかおばさんは？　紗英《さえ》ちゃんはどうしたんだよ？？？」

尚之には両親の他に可愛《かわい》い妹がいる。中学生になっているはずの彼女がいれば、もっと部屋が賑《にぎ》やかなはずだ。しかし、連れて来られたこの部屋には、必要最小限のものしかなく、以前の家に比べたら淋しく感じられる。

「親父《おやじ》の転勤でドイツだ。俺だけ残った」

「ドイツ……」

全然知らなかった……。

尚之は、いったいいつから一人暮らしをしているのだろう？　甘えたがりで淋しがりだった尚之が、こんな生活をしているなんて想像したこともなかった。

「お前、何で一人で残ったんだよ？」

「……別に」

その物云いにカチンときた俺は、ふいに自分が以前のように気安く話しかけていることに気がついた。

二人きりの状況《じょうきょう》が懐かしくて忘れそうになったけれど、いまはもう昔のような気の置けない関係ではないのだ。

「そうだよな。関係ないよな、俺には」

拗《す》ねたような口調になってしまったことを後悔《こうかい》したけれど、云ってしまったあとではどうすることもできなくて、俺はぷいと顔を背《そむ》けた。それより、お前はどうしたんだ？　あそこにいるときは、何かあったときだろう？」

「……面倒《めんどう》だから残っただけだ。

「う……それは……」

痛いところを突《つ》かれて、言葉に詰《つ》まる。さすが幼馴染《おさななじ》みと云わざるを得ない鋭《するど》さだ。

行動パターンを見抜かれている……。

「さっきのことが原因ってわけじゃないんだろ？」

「え？……ああ、あれは別にどうとも……」

その言葉に俺は、ついさっき三年に迫《せま》られていたところを尚之に見られたことを思い出した。

あの程度で気落ちするほど柔《やわ》にはできていないけれど、尚之に見られて気まずい思いをしたのは事実だ。

「じゃあ、どうして泣きそうな顔をしてたんだ？」

「泣きそうな顔なんて……」

「そうやって唇《くちびる》が尖《とが》ってるのは、泣くのを我慢《がまん》してるときだろうが」

「……っ」

「彬？」

俯いた顔を体を屈《かが》めた尚之に覗《のぞ》き込まれ、喉《のど》の奥がひくりと鳴ってしまった。心配そうに見つめる幼馴染みの懐《なつ》かしい表情に気持ちが緩み、必死に堰《せ》き止めていた感情が溢《あふ》れ出す。

「尚之には関係ない…っ」

一度零《こぼ》れてしまった涙がなかなか止まらないのは、経験上わかっている。

くそ…っ！　頬《ほお》を伝う雫《しずく》を拭《ぬぐ》うのが精一杯《せいいっぱい》で、思わず「尚之」って呼んじゃったじゃないか。避《さ》けられるようになってからは、絶対に名前を呼ばないようにしてたのに。

「……っ」

「ほら」

手の甲《こう》だけでは追いつかず、制服の袖《そで》を引っ張り出して涙《なみだ》を拭おうとした俺の目の前に、ティッシュが箱ごと差し出される。

そんな尚之の気遣《きづか》いをありがたいような悔《くや》しいような気持ちで受け取ると、俺はぐしゃぐしゃになった顔を拭《ふ》き、勢いよく鼻をかんだ。

「変わってないな、お前」

「るっさい！」

ぽんぽんと頭を撫《な》でられると、また瞳《ひとみ》がじわりと潤《うる》んできてしまう。過去をほとんど知られている尚之には、つい条件反射で気持ちが緩んでしまうのかもしれない。みっともないとわかっていても、自分ではどうすることもできないのだ。

「くそ…っ、見てんなよバカ!!」

「一人にするともっと怒《おこ》るだろう。何があったか知らないが、泣きたいだけ泣けばいいだろう」

「……っ」

穏《おだ》やかな口調に、俺の中では安堵《あんど》と苛立《いらだ》ちと羞恥《しゅうち》が綯《な》い交ぜになる。いっそ甘えてしまいたかったけれど、離《はな》れていた距離が俺をそう簡単に素直《すなお》にはさせてくれなかった。

「彬」

「失恋《しつれん》したんだよ…っ、悪いか!!」

自棄《やけ》になって云《い》い放った言葉が、自分自身に更なるダメージを与《あた》えた。

そうだ…俺は失恋してしまったんだ……。

初めから叶《かな》うことを期待していた恋《こい》ではなかったけれど、あんな形で終わりを知ることになるなんて考えたこともなかった。

「相手は古城さんか？」

「なっ、何でわかるんだよ!?」

兄貴といい古城といい尚之といい、俺はそんなにわかりやすいのか!?

もしかして、知られてないと思っていたのは俺だけで、みんな俺の気持ちを知ってるんだろうか。

「そんなこと、お前を見——」

尚之が何かを云いかけた瞬間《しゅんかん》、コートのポケットに入っていた携帯《けいたい》電話の着信音が鳴り響《ひび》いた。

「あっ、お、俺の電話だ」

気まずさを誤魔化《ごまか》すためにごそごそと携帯を取り出すと、俺は液晶《えきしょう》の表示もろくに見ずに通話ボタンを押す。

だけど、回線が繋《つな》がった途端《とたん》、こちらが何か云う前に険しい声が聞こえてきた。

『彬さんですね？』

「こ…古城……」

『一度、帰って来られたようですけど、いまどちらにいるんですか？』

「……お前には関係ないだろ」

どうせ、俺のことなんて本当はどうでもいいくせに――そう思ったら、突き放すような言葉しか出てこなかった。

自分のことを見てくれていると思っていたのに、本当は俺を通して他《ほか》の人間を想《おも》っていたのだということが切なくて、悲しくて。

『人を心配させておいてその云い方は何ですか。遅《おそ》くなるなら連絡《れんらく》くらい入れて下さい。だから子供だと云うんです』

「子供で悪かったな！」

所詮《しょせん》、古城にとって俺はただの『子供』でしかないのだ。

好きな人の子供というだけの存在。恋愛の対象にすらなれていない……。

『彬さん』

諭《さと》すような呼びかけも、いまはただ虚《むな》しくなるだけだ。泣きそうになるのを堪《こら》えつつ、努めて明るく告げた。

「今日は友達んちに泊《と》まる」

『友達ってどこの誰《だれ》ですか？　またろくでもない輩《やから》とつき合ってるんじゃないでしょうね？』

「幼馴染みの尚之んちだよ…っ！　用件はそれだけなんだろ!?　もう切るからな!!」

『彬さ――』

いま、古城の顔を見たら、みっともなく泣きわめいてしまいかねない。そんなことだけは死んでも嫌《いや》だ。俺は一方的に通話を切り、携帯の電源も落としてしまう。

「……っ」

やっぱり、古城は俺を子供扱《あつか》いしかしてくれない……。

電話を切って顔を上げると、こちらを見ていた尚之と目が合った。俺の知らない大人びた顔をして、漆黒《しっこく》の瞳を向けている。そのまっすぐな眼差《まなざ》しに何故《なぜ》かドキリとさせられた。

「な…んだよ……」

「古城さんとケンカでもしたのか？　どうせ、お前のわがままが原因だろ？　早く帰って謝ったほうがいい」

尚之はふいと視線を逸《そ》らし、そんなふうに投げやりに云ってくる。まるで俺に非があるような云い方をされ、頭に血が上った。

「俺は何にもしてねーよ!! お前まで俺のことを子供扱いしやがって…っ」

そりゃ、身長もなかなか伸《の》びないし、顔だってまだまだ男らしくならない。こうやって癇《かん》癪《しゃく》を起こすところも大人とは云えないだろうけれど、同い年の尚之にまでバカにされたと思うと俺は悔しくて堪《たま》らなかった。

「……何か食うか飲むかするか？　腹ん中が空っぽだから苛々するんだろう」

「酒！」

こうなったら自棄酒だ。浴びるように飲んで、この嫌な気持ちを吹《ふ》き飛ばしてしまいたい。

携帯を突《つ》っ込んだコートを脱《ぬ》ぎ捨て、体を投げ出すようにしてリビングにあるソファーに腰《こし》を下ろすと、尚之は表情一つ変えることなく、キッチンへと消えた。

「何かむかつくよな……」

リビングに一人になった俺は、口の中で独りごちた。

尚之のあの落ち着き具合は何なのだ。同い年なのに、自分なんかよりずっと落ち着いていて大人びている。昔は尚之のほうが小さくて引っ込み思案だったのに。

あの数々の噂《うわさ》も自分には信じられなかったけれど、もしかしてどれも本当のことなのだろうか？　年上の女の人と遊んでいて経験値が高いから、大人びて見えるのかもしれない。

「………」

もし、自分が尚之のように大人っぽかったら、古城は母さんなんかを忘れて、俺のことを恋愛対象として見てくれるだろうか？

確かに俺は、今まで誰ともつき合ったことなんかないし、エッチだってしたことない。

でも、エッチもしたことがないお子様だから対象外に思われているのなら、そのハンデをクリアするまでだ。一回でも経験すれば、子供っぽさもなくなるかもしれない。

でも、どうやって？

尚之のように相手をしてくれるお姉様がいるわけでもなし…。これぱっかりは、一人じゃどうすることもできない……。

だからといって、学校内で云い寄ってくる男どもが相手だなんて絶対に嫌だし、学校の帰りにメアドを無理矢理押しつけていくような女の子に、エッチだけさせてくれなんて云うのは酷《ひど》い気がする。

「ああ、もうっ」

新たな悩《なや》みに頭を抱《かか》え髪《かみ》を掻《か》きむしっていると、キッチンから尚之が戻《もど》ってきた。

「何やってるんだ？」

「あ」

――そうだ。

「何だ？」

適役がいるじゃないか。いま、俺の目の前に。

遊び慣れた尚之に、そういった手解《てほど》きをしてもらえばいいのだ。

尚之なら小さい頃《ころ》からお互《たが》いの裸《はだか》を数えきれないほど見てきているし、ここだけの話、中学生になり立ての頃に興味本位でお互いの自慰《じい》を手伝ったこともあるから、俺のほうに嫌悪感《けんおかん》のようなものはない。

一人で落ち込んでいた俺をお節介《せっかい》にもここまで連れて来たんだから、最後まで面倒《めんどう》を見てもらおうじゃないか。

だが、尚之にどうやって切り出せばいいのだろう……。自分の考えがそれなりに無茶だということを自覚しているぶん、タイミングが計れない。

再びうんうんと頭を捻《ひね》っていると、目の前に甘くて優《やさ》しい香《かお》りの立つマグカップが置かれた。

「何だよ、これ」

「ブランデー入りホットミルク。リクエスト通りの酒だ」

「こんなの酒って云わねーよ！」

「いいから飲め。体、冷えてるだろう？」

やっぱりバカにされてる気がする。こんなもの、子供のとき以来飲んでいない。しかし、空腹には勝つことができず、俺は渋々《しぶしぶ》とマグカップに手を伸ばした。

温かなマグカップを手にすると冷えきっていた指先がじんわりとする。止まっていた血液が通っていくような感覚にほっとしつつホットミルクを一口飲むと、体の芯《しん》から温まっていくようだった。

「美味《うま》いだろ？」

「ま、まあ、それなりにな」

素直《すなお》に美味《おい》しいと云《い》うのが悔《くや》しくて、どうしても頷《うなず》くことができない。

結局、一滴《いってき》も残さず飲み干したあと、人心地《ひとごこち》ついた俺は空になったマグカップをテーブルに置く。それから、目の前の尚之に向き直った。

「……なあ、ヘンなこと訊《き》いていい？」

「何だ？」

「お前ってさ、ホントに遊んでんの？」

信じられない噂の数々。尚之本人に訊《たず》ねても、否定も肯定《こうてい》もされなかったと以前クラスメイトが云っていた。だけど、もしかしたら俺になら教えてくれるかもしれないと、ささやかな期待を込《こ》めて問いかける。

「それはどういう意味で訊いてるんだ？」

「そ、そりゃ、あれだよっ。だから、その……」

云いづらくて濁《にご》した部分をストレートに問い返されたけれど、やっぱり、はっきりと言葉にすることが恥《は》ずかしくて、あたふたしてしまう。

するると、尚之は何の恥じらいもなく、俺が訊きたかった本題を口にした。

「女とヤリまくってんのかって話か」

「う…うん」

頬《ほお》を赤らめコクリと頷いた俺に、尚之は呆《あき》れたようなため息をついた。

「お前はそれを訊いてどうするんだ？　野次馬根性《こんじょう》で知りたいのか？　それとも、品行方正になれと説教がしたいのか？」

「そういうわけじゃなくて…っ」

「じゃあ、何だ？　俺が噂通り遊んでるんだとしたら、お前は何がしたいんだ？」

次から次へと糾弾《きゅうだん》され、俺は体を小さくする。だけど、ここで引き下がるわけにもいかず、おずおずと切り出してみた。

「ちょっと、頼《たの》みがあるっていうか……」

「頼み？　まさか、女を紹介《しょうかい》しろって云うんじゃないだろうな」

「ちがうよ!!　あ……でも、似たようなもんなのかな……」

女の子なんて紹介して欲しいわけじゃない。できるだけ早く経験したいって気持ちはあるけど、女の子に対して不誠実なことはしたくない。

だからって、尚之に対して手解きを頼むって云うのも、倫理《りんり》的に間違《まちが》っているような気もするよな…。どうしよう……。

「何なんだ、いったい。云いたいことがあるなら、早く云え」

はっきりとしない俺に、尚之は苛々とした様子で急《せ》かしてくる。やっぱり、このチャンスを逃《のが》すわけにはいかない。これも自分のためなんだし！

俺は覚悟《かくご》を決めると、ゆっくりとその言葉を切り出した。

「俺と……して欲しいんだ」

「？」

意を決して告げると、尚之はマグカップを片づけようとしていた手を止める。

「俺を抱《だ》いてくれって云ってんの！」

平常心ではいられず、俺は早口で云いきった。

男同士の場合、『抱くほう』と『抱かれるほう』があることは理解してる。俺だって男なんだから、『抱くほう』の立場のほうがいい。

だけど、冷静に考えて古城を俺が抱くのも無理だし、尚之を抱くのも無理があるように思う。それに無茶な頼みなら『抱かせてくれ』と云うよりは『抱いてくれ』のほうが、まだマシな気がしたのだ。……大きな差はないかもしれないけど。

俺の真剣《しんけん》な顔に冗談《じょうだん》じゃないとわかったのか、尚之は上げかけていた腰を下ろし、怪訝《けげん》な顔を俺に向ける。

「……それは、古城さんへの当てつけか？」

「べっ…別に理由なんてどうでもいいだろッ!?」

冷めた口調で指摘《してき》され、俺は思わずムッとする。

古城のためにってところは合ってるけど、別に当てつけとかそういうことじゃない。

「よくない。お前は自分の体を何だと思ってるんだ？　その場の勢いでそんなことして、あとで後悔《こうかい》したって遅《おそ》いんだぞ？」

「年寄りみたいな説教するなよ！　お前だって遊びまくってるって話じゃんか。それとも、俺じゃ勃《た》たないっていうのかよ？」

「――――」

「だったらいーよ。今日、コクってきたアイツにでもヤって貰《もら》うし」

あんな奴《やつ》なんか絶対に嫌《いや》だったけれど、俺を置いて一人で大人になってしまった尚之への悔しさのようなものもあり、ムキになって捲《まく》し立てた。

「お前は――――」

途中《とちゆう》まで云いかけて、尚之は何故か言葉を呑《の》み込む。だけどその後、深々とつかれたため息が、更《さら》に俺の癪《しやく》に障《さわ》った。

「んだよ！　わかったよ、もう…」

「おい」

尚之は俺の言葉を途中で切ると、ゆっくりとした動作で俺の前まで来る。そして、揺《ゆ》るぎのない眼差《まなざ》しで俺を見下ろした。

「そこまで云うなら、覚悟決めてんだろうな？」

「当たり前だろ！」

「……わかった。途中で嫌だっつっても、聞かないからな」

ギロリと向けられた瞳《ひとみ》に一瞬《いっしゅん》暗い炎《ほのお》が宿ったように見え、俺はぞくりと背筋を震《ふる》わせた。だけど、もうあとに退《ひ》く気は更々ない。

「い、云わねーよ！　んむ…っ」

目に力を込め、きっぱりと云いきった瞬間、尚之は苛立《いらだ》った様子で噛《か》みつくようなキスをしてきた。

勢いに押され、体がソファーの背にぶつかる。摑《つか》まれた肩《かた》に指が食い込み、微《かす》かな痛みを覚えたけれど、口の中に捩《ね》じ込まれた舌の動きについていくことが、俺には精一杯《せいいっぱい》だった。

「ん、ンゥ…っ、んん…っ」

自分の口腔《こうこう》を乱暴に搔《か》き回される感触《かんしょく》に、頭の中までぐらぐらしてくる。あまりの激しさに空気を吸う余裕《よゆう》もなく、徐々《じょじょ》に意識が霞《かす》んできた。

う…苦し……。

これって、どうやって息吸えばいいんだ!?

しばらくは我慢《がまん》していたけれど、やがて息苦しさに耐《た》えきれなくなり、とうとう俺は渾身《こんしん》の力で尚之の体を押し返した。

「ぷは…っ、はあ、はあ……」

ようやく解放された口から、肺いっぱいに空気を吸い込む。

すると、尚之は驚《おどろ》いた顔で尋《たず》ねてきた。

「まさかとは思うが、息してなかったのか？」

「仕方ないだろっ！　お前が口塞《ふさ》いでるんだから」

バカにされてる気がして自棄《やけ》になって返すと、尚之は一瞬驚いた顔をしたあと、難しい顔で黙《だま》り込んだ。

「——もしかして……お前、初めてなのか？」

「……っ、そうだよ!!」

真顔で訊かれ、恥ずかしさに全身が熱くなる。

お前こそ、ここまで来ていまさら何云わせるんだよ！

「キスも慣れてないようだったが、それもか？」

「悪かったな！　お前と違って、女とも男ともしたことねーよ!!」

まさか、尚之まで俺が好き放題遊んでいると思っていたんだろうか？

だとしたら、失礼にもほどがある。古城一筋で来た俺がそんなことするわけないだろう！

今回のことだって、一大決心なんだからな!!

「そうだったのか……俺はてっきり……」

「何か文句あんのかよ」

「……いや、俺が悪かった」

バカにされたと思ってキレた俺だったが、意外にも尚之は真面目《まじめ》な顔で謝ってきた。

「べ、別に謝らなくても……」

漂《ただよ》う微妙《びみよう》な空気に気まずくなる。こうやって、間ができると緊張《きんちよう》が増していく気がするというか……。

せっかく決めた覚悟が揺らいでしまいそうになる。やっぱりいいやと云《い》おうか云うまいかと悩《なや》んでいると、尚之が顔を近づけてきた。

「彬」

「な、何？」

「続き。しないのか？」

「す…る、けど……」

唇《くちびる》を指先でなぞられ、ぞくりと震える。

「鼻とか、口をずらしたときに空気を吸うんだよ。わかるか？」

吐息《といき》の絡《から》む距離《きょり》でそう教えられ、俺は躊躇《ためら》いつつも頷《うなず》いた。

「わ、わかった」

「口を軽く開けて、少し顔傾《かたむ》けて」

「こう…？　んん…っ」

二度目の口づけに、重ねられた唇が温かくて柔《やわ》らかいものだということを気づかされる。

何か…気持ちいいかも……。

下唇を啄《ついば》まれ、その裏側を舐《な》められる。やがて、開いた隙間《すきま》から忍《しの》び込んできた尚之の舌は、さっきの荒々《あらあら》しさが嘘《うそ》のように丁寧《ていねい》に口腔を探《さぐ》ってきた。

「…っん、…ぁ…ん……っ」

口の中や舌の表面を擦《こす》られるたびに、俺の体の芯《しん》はゾクゾクと震える。されるがままになっていると、尚之の唇は一旦《いったん》離《はな》された。

「俺と同じようにできるか？」

「え？　わ、わかんない……」

「気持ちいいと思ったことを自分でもすればいいんだよ」

「やってみる……」

コツを教えてもらった俺は、濃厚《のうこう》な口づけにすぐに夢中になった。絡め取られた舌先を吸い上げられるとそこは甘く痺《しび》れ、腰《こし》の奥もずくりと疼《うず》く。

痺れたそこを軽く嚙まれるだけで、俺の体はぶるりとわなないた。

「ふ……ぅ……、ん……んん」

溢《あふ》れる唾液《だえき》を飲み込むタイミングがわからず、口の端《はし》から伝い落ちていってしまう。尚之は顎《あご》に伝うそれを舐め取り、濡《ぬ》れそぼつ俺の唇を貪《むさぼ》った。

頭がまたくらくらしてきた……。

さっきみたいな酸欠のせいとは違《ちが》う、不思議な感覚に戸惑《とまど》いを覚える。まるで眠《ねむ》りの淵《ふち》で微睡《まどろ》んでいるような心地《ここち》よさに、俺の体から力が抜《ぬ》けていく。

「……あ……」

尚之はキスだけでくたりとなった俺の体から、制服を脱《ぬ》がしていく。上着を放《ほう》られ、Yシャツに手をかけられる様子も、俺は夢心地で眺《なが》めていた。

はだけられたシャツの合わせから覗《のぞ》いた肌《はだ》は、微かに汗《あせ》ばんでいる。尚之は迷いのない手つきで、剝《む》き出しになった俺の体に触《ふ》れてきた。

「……っ」

撫《な》で回された場所がちりちりとする。ぞくんと感じてしまい、軽く仰《の》け反ると、喉《のど》に嚙みつかれた。

「あ…っ!?」

歯を立てた場所をねっとりと舐め上げられたかと思うと、ちくりと痛みを感じるくらい強く吸い上げられる。そうやって首筋を愛撫《あいぶ》されているうちに、俺の呼吸はあっさりと乱れていった。

「…っは、あ、あ……っ」

投げ出していた手がすがりつく場所を探して彷徨《さまよ》う。肩口に埋《うず》められた尚之の頭を抱《だ》きしめるようにすると、体をまさぐる動きが酷《ひど》くなった。

脇腹《わきばら》や背中ばかり撫で擦《さす》っていた指が胸元《むなもと》を探り出したかと思うと、手の平で平らなそこを揉《も》むようにし、そして小さな尖《とが》りに触《ふ》れてくる。

「んっ…、ぁ…あ…っ」

両方のそれを指の腹で捏《こ》ねられ、摘《つま》まれると痛痒《いたがゆ》いような感じがする。くすぐったさに身を捩《よじ》ろうとするけれど、しっかりと押さえ込まれた体はびくともしない。

やがて、胸の先に生温かい感触が触れたかと思うと、そこを舌先で転がしてきた。

「ちょっ、そんなとこ…っ、んん…ッ」

胸なんかないのに、何が楽しいんだよ!?

だけど、尚之の舌は小さく尖ったそこの形を確かめるように、回りをかたどるように舐めてくる。そのせいで、俺は自分の乳首《ちくび》がいまどんなふうになっているのかを否応《いやおう》なく意識させられた。

執拗《しつよう》に舐められ、硬《かた》くなったそこを舌先で押し込んでくる。潰《つぶ》されて柔らかくなると、また丸く舐められ、すぐに尖った。

そうやってしつこく弄《いじ》られているうちに、じわじわと違う感覚が生まれてくる。

「あっ…なんか、へん……っ」

「感じるか？」

「わかんな…あっ、あ…っ」

きゅっと強く吸われ、びくんと腰が浮《う》き上がる。感じて硬くなった胸の先を指で転がしながら、尚之は少しずつ体をずらしていった。

汗ばむ肌に吸いつかれ、臍《へそ》を舌でくすぐられると、ぞわぞわとしたものが俺を落ち着かなくさせる。

「んんっ、はっ…、あ……」

そうこうしているうちに、いつの間にかベルトを外され、ズボンを下着ごとずるりと引き下ろされた。

反応しかけた中心を尚之の目の前に晒《さら》され、羞恥《しゅうち》にカッと顔が熱くなる。

「やっ…待っ……」

制止する間もなく足から引き抜かれ、俺の下肢《かし》を覆《おお》うものは何もなくなってしまう。それだけでも充分《じゅうぶん》恥《は》ずかしいというのに、尚之は両足を左右に押し開いたのだ。

「尚之っ、やだ……っ」

足を閉じようにもしっかりと押さえられていて、どうにもならない。勃《た》ち上がりかけたそれを見られたくなくて、俺ははだけたシャツを引っ張り股間《こかん》を隠《かく》した。

「セックスするのに、隠してたら何もできないだろう」

「そうだけど、心の準備とか！」

「覚悟《かくご》は決めたんだろ？」

尚之は俺の手をどけると、体を屈《かが》めその部分へ顔を近づけた。

「ちょっ、うそ…っ、マジでそんな――ぁあ…っ」

何の躊躇いもなく俺の昂《たかぶ》りを根本から先端《せんたん》まで舐め上げると、体液の浮かぶ窪《くぼ》みを啜《すす》り、そこからゆっくりと口の中に含《ふく》んでいく。

ねっとりとした口腔《こうこう》の粘膜《ねんまく》の感触《かんしょく》と、濡れた舌に自身を包まれるその初めての感覚に、俺は頭の中が真っ白になった。

抱いてくれと頼《たの》んだのは俺だけど、初めからこんな刺激《しげき》の強いことをして欲しかったわけじゃない…！

「なお…っ、それやだっ、放し…あ、っあぁ！」

必死で尚之の頭を引き剝《は》がそうと髪《かみ》を引っ張るけれど、昂りの表面で舌が蠢《うごめ》くたびに指から力が抜けていく。唇を窄《すぼ》めて啜られれば、腰が甘く蕩《とろ》けていきそうになった。

「やだ、や…っ、あぁ、ぁん…っ」

怖《こわ》いくらいの快感に身の置き場のないようなもどかしさを感じ、俺はふるふるとかぶりを振《ふ》る。先端の窪みを尖らせた舌先で抉《えぐ》られ、一際《ひときわ》高い嬌声《きょうせい》が零《こぼ》れ落ちた。

「あ、あ、あ…っ、あぁあ……っ」

尚之は俺の欲望を水音を立てて舐めしゃぶりながら、頭を上下させて表面を唇の裏で擦り上げる。

唇が届かない部分は絡《から》めた指で擦られ、張り詰《つ》めた根本の膨《ふく》らみも包み込まれるように手の平で揉まれた。

腰の奥に生まれた疼きはどんどん大きくなり、体の中で熱の塊《かたまり》が暴れ回っているかのようだ。

「はっ…も、もう、放せ…って！」

与《あた》えられる強烈《きょうれつ》な愛撫に、これ以上堪《こら》えている自信がない。だけど、高まる射精感に離れるよう訴《うった》えても、尚之は執拗に俺自身を吸い上げてくる。

「……っ、もう出るって！　頼む…から…っ」

くしゃりと尚之の髪を掻《か》き回すと、口を離すどころか愛撫を更《さら》に激しくしてきた。そして、促《うなが》すようにキツく扱《しご》かれ、先端を強く吸い上げられた瞬間《しゅんかん》――。

「なお！　放せ――んんっ、あ、あ…っ、あー…っ」

尚之の口に含まれたまま、俺はイッてしまったのだ……。

びく、びく、と放たれる体液を、尚之は全《すべ》てその口で受け止め、あろうことかごく自然にそれをこくりと飲み下す。

「おま…っ、何飲んで…!?」

「普通《ふつう》だ」

「そ、そうなのか…?」

口での行為《こうい》は知識として知っていたけれど、出したものをどうするのが一般《いっぱん》的かまでは知らない。だけど、経験豊富な尚之が云《い》うのだから、きっとそういうものなのだろう。

大人はこんな恥ずかしいことを普通にしているのかと、遠い目になってしまった。

一方的にイカされた俺は、ぐったりとソファーに倒《たお》れ込む。

物凄《ものすご》い気持ちよかったけど、死にそうに恥ずかしかった……。こんなこと、古城相手に俺ができるのか……?

俯《うつぶ》せでクッションを抱《かか》え込み、羞恥に火照《ほて》る顔を隠していると、尚之は俺の髪をさらりと撫でた。

「ちょっと待ってろ」

そう云って、尚之はどこかへ消えていく。

「?」

これで終わりにするつもりなのだろうかと思っていると、尚之は何かを手にして戻《もど》ってきた。

「何それ」

「潤滑剤《じゅんかつざい》」

顔だけを上げて問うと、訊《き》くまでもないだろうと云わんばかりの簡潔な答えが返ってきた。

尚之はそのプラスチックの容器を開けると、ぬるりとした液体のようなものを俺の足の間に塗《ぬ》りつけてくる。

「冷た…っ」

後ろの窄《つぼ》まりにぬるぬると塗り込められ、その気持ち悪さに体が竦《すく》む。それと同時に、俺は男同士の場合はそこを使うのだったと思い出した。

「や……う……」

ここに、あれを入れるんだよな……。

こんな狭《せま》い場所にあんなものが本当に入るのだろうか？

そのためにいま慣らしているんだろうけど、どうしても実感が湧《わ》いてこない。

「ひぁ…っ」

考え事をして意識が逸《そ》れていた隙《すき》にぬるりと指先を体内に押し込まれ、俺は奇妙《きみよう》な声を上げてしまった。

いきなり入り込んできた指に驚《おどろ》いて、窄まりがきゅっと締《し》まる。尚之は狭いそこを解《ほぐ》すかのようにやわやわと揉んできた。

「あ……んぅ、う……」

入り口で指を抜《ぬ》き差しされる不思議な感覚に、ぎゅっと目を瞑《つぶ》る。指の動きに体が慣れ、少しだけ強張《こわば》りが緩《ゆる》んだ瞬間、ぐっと指を根本まで突《つ》き入れられた。

「ぁあ…っ」

「お前ん中、狭いけど柔《やわ》らかいな」

「何云って……はっ、あぁ、あ…っ」

体内でぐるぐると指を動かされ、上擦《うわず》った声が零れる。とろりとした潤滑剤と中を掻き回す指を増やされ、狭い器官を押し広げられると、内壁《ないへき》の粘膜がひくひくと痙攣《けいれん》した。

気持ちいいのか気持ち悪いのかもわからないまま、ただひたすら喘《あえ》いでいると、尚之は浅い部分で何かを探すように指を動かし始めた。

「や…何？　んん、ん…ぅあっ！」

「見つけた」

「あ、あ、あっ、何、そこ…っ」

尚之が内側を押すようにすると、凝《しこ》りのようなものに指が当たり、電流のようなものが背筋を走り抜ける。

強烈な快感に目の前がチカチカする。粘膜の一部を押されているだけなのに、嘘《うそ》みたいに気持ちいい。

まるで自分のものではないような甘ったるい声が断続的に上がり、何度目かに指を押し込まれたとき、俺はあっけなくイッてしまった。

「嘘……」

今…俺、後ろしか弄《いじ》られてなかったよな……？

「またイッたのか？　ずいぶん、堪《こら》え性《しょう》がないんだな」

口の端《はし》だけで笑われて、カッとなる。

「……っ！　うるさいな!!」

初めてなんだから、仕方ないだろうが！

……というか、こんなに感じてしまうのは俺の体のせいなのか？　それとも、尚之のテクニックのせいなのか？

確か男同士だと、抱《だ》かれる側は慣れるまであんまり気持ちよくなれないと、何かの本に書いてなかったっけ？

内心で首を傾《かし》げていると、俯せていた体を返された。今度は何かと思っていると、片方の足を立てられ、再び大きく足を開かされる。

イッたばかりの自身を見られるのが嫌《いや》で文句を云おうとした俺は、ソファーに片膝《かたひざ》をつき、自らのフロント部分をくつろげる尚之に目が釘《くぎ》づけになった。

「………」

張り詰めた布地の中から取り出された尚之の昂りは、記憶《きおく》にあるそれよりだいぶ大きいような気がした。

体が成長したのだから、その他の部分も成長していておかしくはない。しかし、それをいまから自分の中に入れられるのかと思うと、さすがに尻込《しりご》みしてしまう。

あ…あんなものを、俺に入れる気なのか…？

「……っ」

想像した瞬間、俺は思わず体を強張らせた。だけど、そんな俺になどお構いなしに、尚之は両足を一緒《いっしょ》に胸につくほど深く折り曲げると、さっきまで指で掻き回していた場所を露《あら》わにした。

「ちょっ、そんなの無理だろ！」

「何が」

「んなデカいの入んないって!!」

「いまさら何云ってるんだ？　嫌だと云っても聞かないって云っただろう」

「……っ」

俺の主張は受け入れられず、熱い切っ先をひたりと押し当てられる。肉がそこに口づける感《かん》触《しょく》に、ひゅっと息を呑《の》んだ瞬間、ぐっと先端《せんたん》が体内にめり込んできた。

「いっ…た……」

無理に入り口を広げられ、そこが引き攣《つ》るように痛む。じりじりと入ってこようとする圧倒《あっとう》的な存在感とその熱さに、顔が歪《ゆが》んだ。

やっぱり、あんなものを受け入れるなんて絶対に無理だ。

「……っ、ホント無理だって！　ぅあ、あ……つっ」

「もう少し力抜け。お前がきついだろ？」

「く……ぅっ……できるなら、してる……っ」

強張った体からどうやれば力が抜けるのかなんて、初心者の俺にわかるはずもない。

痛みに泣きそうになっていると、勃《た》ち上がった昂《たかぶ》りにさっきのとろりとした液体をかけられ、その温度差に体が竦んだ。

「ひっ、なに!?」

「これで少しは楽になる」

大量に注がれたそれは繋《つな》がった部分にまで伝い落ちる。

滑《ぬめ》りを足されたお陰《かげ》で、浅い部分では入り込んだ欲望の先端がゆるゆると動くようになった。

「ぁあっ、あ、あ……っ」

「慣らしていけば絶対に大丈夫《だいじょうぶ》だ。いまはこっちに集中してろ」

「ぅん…っ、はっ、あ……」

緩い振動《しんどう》と共に濡《ぬ》れそぼった自身を扱《しご》かれ、また息が上がってくる。器用な尚之の指は、的確に俺の気持ちいいところを刺激《しげき》してきた。

微《かす》かに体の強張りが解けた瞬間《しゅんかん》、ぐっと繋がりを深くされる。

「あぁ……っ、あ、んー……っ」

「彬」

「え……？　んぅ、んんん……っ」

不意に名前を呼ばれ、痛みにぎゅっと閉じていた目を開けると目の前に尚之の顔があり、喘ぎを零《こぼ》す唇《くちびる》を奪《うば》われた。

突然《とつぜん》の口づけに驚く間もなく、口腔《こうこう》を荒々《あらあら》しく掻《か》き回される。尚之はそうやって俺の意識を逸らしながら、奥へ奥へと自身を進めてきた。

「ふっ……、んん、んっ、あー……っ」

引き攣れるような痛みと内臓を押し上げるような圧迫感《あっぱくかん》に、涙《なみだ》が浮《う》かぶ。最後は腰《こし》を摑《つか》まれ、一息に突き上げられた。

「全部入った」

「ほんと……に……？」

自分の中に埋《う》め込まれた物凄《ものすご》い質量に呆然《ぼうぜん》となる。痛いし、苦しいし、熱いし……でも、この不思議な充足感《じゅうそくかん》は何だろう。

内部に意識を向けると、自分が締めつけているものの形や大きさがわかった。それは、一ミリの隙間《すきま》もないほどぴっちりと、俺の中にはまっている。

さっき目にしたあれが、いま体内にあるのだと思うと、それだけで俺の体温は上昇《じょうしょう》した。

「動くぞ」

「やっ、待っ……あ、ああ、あ…っ」

宣言通り穿《うが》たれた腰を軽く揺《ゆ》すられ、上擦った声が上がった。些細《ささい》な振動だけで、怖《こわ》いくらい感じてしまう。

ぞくぞくと背筋を駆《か》け抜ける震《ふる》えは俺の細胞《さいぼう》を蕩《とろ》かし、四肢《しし》をぐだぐだにする。

「はっ…ん、ぁん…んんっ」

尚之はぬるつく手で俺の胸元《むなもと》をまさぐりながら、またキスをしかけてきた。捩《ね》じ込まれた舌に応《こた》えるように自分のそれを絡《から》めると、一層激しく貪《むさぼ》られる。

あらゆる場所に与《あた》えられる刺激に、俺の思考は尚之を感じることしか考えられなくなっていた。

「んん…ん、んぁ…っ、ああ!」

徐々《じょじょ》に激しくなっていく動きに、体が跳《は》ねる。その弾《はず》みに外れてしまった口から、嬌声《きょうせい》が零れ落ちた。

体の中で太いものが抜《ぬ》き差しされる感覚に、内壁がびくびくと痙攣する。汗《あせ》ばむ膝裏を抱《かか》えられ、ずん、と奥を突《つ》き上げられると頭の中が真っ白になった。

「あ…っ、あ…やぁ、あ……っ」

内壁を小刻みに擦られると、その動きに合わせて俺はひっきりなしに甘い声を上げてしまう。

「ここ、いいのか？」

「ぅあっ、い…っ、あ、そこ…やめ……っ」

「いいんだ？」

「あぁあっ、んぁっ、あー…っ」

尚之の動きに合わせて聞こえるぐちゅぐちゅといやらしい音が、俺の羞恥《しゅうち》を煽《あお》る。抉《えぐ》るような腰の動きに無意識に逃《に》げを打つと、体を押さえ込まれ、尚《なお》も深々と穿たれた。

「っあぁ！　あっ、はっ……」

その瞬間、電流のようなものが体を突き抜けていく。

びくんと背中が撓《しな》った振動にすら感じてしまい、俺の体は尚之によって違《ちが》うものに作り替《か》えられてしまったのではないかと思えるほどだ。

「んっ、ぁあ…っ、あっ、も……っ」

二度もイッたはずの昂りは、再び痛いほどに張り詰《つ》めて、沸《わ》き上がる欲望は際限がない。

快感に溺《おぼ》れた体は指先まで痺《しび》れ、未知の感覚に翻弄《ほんろう》されていた。

「あっ、なお…っ、も、やだ…っ、怖い……っ」

「何が怖い？」

セックスは誰《だれ》もがしたいと思うことなのだから、きっと気持ちのいいことなんだと思っていた。

でも、こんなふうに自分を制御《せいぎょ》できなくなるほど、ぐちゃぐちゃになってしまうものだなんて思っていなかった。

「気持ち…すぎて、おかしく…なるっ」

喘《あえ》ぐ声も堪《こら》えきれず、ただひたすらに乱され、俺はいつしか啜《すす》り泣いていた。

「…なればいいだろ」

「うそ…っ、や！　あぁあ…っ!!」

尚之の瞳《ひとみ》がギラリと光ったように見えたかと思うと、俺を責め立てる動きがそれまで以上に荒々しくなり、激しさを増した。

「ひぁっ、あっ、ああ…っ」

ガクガクと揺さぶられながら感じる場所を執拗《しつよう》に突き上げられ、尚之が入り込んだ場所を締《し》めつけてしまう。

狭《せば》まったぶん摩擦《まさつ》が酷《ひど》くなり、一層感じてしまうのは外《ほか》でもない自分だ。

「ああ、あ…っ、…っも、だめ……っ」

体の奥の熱がギリギリまで膨《ふく》れ上がり、ずきずきと全身が疼《うず》いている。痛いほどに張り詰めた自身も、いまにも弾《はじ》けてしまいそうだ。

高まる射精感にかぶりを振《ふ》って限界を訴《うった》えると、尚之は俺の足を更《さら》に深く折り曲げ、体重を乗せるようにして深い場所へと律動を送り込む。

蕩けた体が崩《くず》れてしまいそうな荒々しさで腰を穿たれ、抜け出てしまうのではないかと思えるほどの位置まで引き抜かれた欲望を勢いよく押し戻《もど》された瞬間――。

「あぁぁあ…っ!!」

全身をびくびくと痙攣《けいれん》させながら、俺の昂りは白濁《はくだく》を吐《は》き出した。さっきの二度の絶頂とは比べものにならない衝撃《しょうげき》に、俺は体内にくわえ込んだものを締めつける。

「……っ」

狭まった体内から、埋め込まれていた楔《くさび》を一息に引き抜かれたかと思うと、腹部に熱いものが叩《たた》きつけられた。

何もなくなった体内に喪失感《そうしつかん》を覚える。押し寄せてきた疲労《ひろう》と眠気《ねむけ》に、俺の意識は急激に遠《とお》退《の》いていった。

2

「……う……？」

何か、あったかい……。

このところ冷える朝が続いていたのに、今日は珍《めずら》しく暖かい……。

いつものように頭から被《かぶ》った布団《ふとん》に顔を埋めようとした俺は違和感《いわかん》に気づき、重たい目蓋《まぶた》をぱちりと開けた。

「………」

途端《とたん》、視界に飛び込んできたのは、Tシャツの襟首《えりくび》から覗《のぞ》く鎖骨《さこつ》と、一見して男のものだとわかる喉仏《のどぼとけ》だった。体を包み込む暖かさは布団のそれではなく、人肌《ひとはだ》……？

ええと…？

動きの鈍《にぶ》い頭で思考を巡《めぐ》らせ、そして、俺は昨日のことを思い出す。

俺、尚之とエッチしちゃったんだっけ……。

「〜〜〜〜っ!!」

ぼっ、と音がしたのではないかと思える勢いで顔が熱くなり、死にたいほどの恥《は》ずかしさに心臓がばくばくと早鐘《はやがね》を打つ。

いたたまれなさにのたうち回りたい気分になったけれど、安らかな寝息《ねいき》を立てている尚之に気づき、俺ははっとする。

ここで暴れでもしたら、きっと尚之を起こしてしまう。俺のわがままにつき合わせて無茶なことをしてもらったのだから、これ以上迷惑《めいわく》をかけるわけにはいかない。

叫《さけ》び出したい気持ちを必死に堪え、俺は尚之の腕《うで》の中、小さく体を丸めた。

……それにしても、昨日は色々と凄《すご》かった。

痛くてキツくて苦しくて、でも——どうしようもなく、気持ちがよかった。それ以上に、恥ずかしくて堪《たま》らなかったけれど……。

大人はみんな、あんな恥ずかしいことをしているのかと思うと、これから人を見る目が変わってしまいそうだ。

「……はぁ…」

経験してみてわかったのは、セックスは快楽を追うだけのものではなく、お互《たが》いのみっともなくて恥ずかしいところを晒《さら》し合う行為《こうい》だということ。

つーか、ホントにあれが入っちゃうんだもんな……。

絶対に無理って思ったのに、何だかんだと宥《なだ》め賺《すか》されて、俺の体は尚之を受け入れてしまった。穿たれ、散々に擦《こす》られたあの場所は、いまは少しひりつくように痛い。だけど、それを望んだのは自分だし、その行為に俺が夢中になってしまったことも偽《いつわ》りようがない事実だ。

とはいえ、ただ一つ不覚だと思っているのは、途中で泣き出してしまったこと。与えられる感覚に体ばかりが反応し、気持ちがついていくことができず、感情が限界を超《こ》えて溢《あふ》れ出てしまったのだと思う。

あのときは本当に、自分の体が自分のものじゃないみたいだった……。

「……っ」

途端、行為中に囁《ささや》かれた言葉だとか、堪えきれずに上げた嬌声だとかを思い出してしまい、俺の体はかーっと熱くなってしまう。

「ちっとは手加減しろよ、バカ……」

小さく呟《つぶや》き、恥ずかしさに火照《ほて》るおでこを尚之の胸にぐりぐりと押しつけた。

お前は経験豊富なのかもしんないけど、こっちは初心者だったんだからなっ。

抱《だ》いてくれと頼《たの》んだのは俺だけど、あそこまで物凄いことをしてもらうつもりだったわけじゃない。

手解《てほど》きしてもらうつもりだったのに、快感に流されてわけがわからなくなって泣かされてるうちに理性を吹《ふ》き飛ばされ、気がついたらもう朝だ。

めちゃめちゃにされた体は気怠《けだる》く、酷使《こくし》された腰《こし》も鈍い痛みを伴《ともな》っているけれど、汗《あせ》やそれ以外のものでどろどろになっていたはずの体は、何故《なぜ》かさっぱりしていた。

制服を剝《は》ぎ取られてシャツ一枚しか羽織っていなかったと思うのに、パジャマのようなものまで着せられている。

そういえば、イッちゃったあと、俺どうしたんだっけ？

いくら考えても思い出せないということは、そこで気を失ってしまったのだろう。

昨日、尚之に抱かれたのは、リビングのソファーだった。つまり、尚之は俺の体を綺麗《きれい》にしてくれた上で、このベッドまで運んできてくれたということか。

何つーか、甲斐甲斐《かいがい》しいやつ……。

別に俺は女の子じゃないんだから、ここまでしなくたっていいのに。

それとも、これが大人の余裕《よゆう》なんだろうか？

「……ん……」

俺が首を捻《ひね》っていると、尚之は小さく呻《うめ》き、俺のほうに体を傾《かたむ》けてきた。そして、腕の中にいる俺をぎゅっと抱きしめてくる。

「……っ」

わー!! わー!! わー!!

こいつ、寝ぼけて彼女かなんかと間違《まちが》えてるんじゃないのか!?

宝物のように抱きしめられる感触《かんしょく》に、俺の羞恥心《しゅうちしん》が限界を迎《むか》える。だけど、反射的に飛び上がり、ベッドの上を後退《あとじさ》ったら、ゴン、と壁《かべ》に頭を強《したた》かにぶつけてしまった。

「いった〜〜〜〜」

予想外の衝撃に目の前に星が散る。両手で後頭部を押さえ、ズキズキという痛みが治まるのをじっと耐《た》えて待っていると、心配そうな声が聞こえてきた。

「大丈夫《だいじょうぶ》か？　彬」

「だ、大丈夫……って、起こした？　ごめん」

俺がいま飛び上がってしまったせいで、結局はこいつを起こしてしまったようだ。

頭に手をやったまま顔を上げると、こっちを見ていた尚之と目が合った。

「いや……」

「………」

気まずい。ものすっごく気まずい。

いったいどんな顔で尚之のことを見ればいいのかわからず、俺はまた俯《うつむ》いて、うろうろとシーツの上で視線を彷徨《さまよ》わせてしまう。

さりげなく会話を切り出して、このいたたまれない空気をどうにかしようと思うけれど、いい話題が見当たらない。

学校の話もクラスが違うからあんまり共通項《こう》がないし、この二年はまともに話したこともなかったから、意識してしまうと更《さら》に混乱してくる。

ぐるぐると悩《なや》んで頭を抱《かか》えていると、尚之のほうから話しかけてきた。

「……平気か？」

「うん！　俺の頭、頑丈《がんじょう》だし…っ」

「じゃなくて、体」

ぶつけた頭のことを訊《き》かれているのだろうと思い元気よく答えたけれど、さらりと訂正《ていせい》され、俺はきょとんとしてしまった。

「体…？　あ！　う、うんっ、全然!!」

体って…やっぱり昨日のことだよな…？

昨日と同じまっすぐな眼差《まなざ》しで見つめられると、落ち着かない気分になってくる。尚之に見つめられるだけで心臓がうるさく鳴るのは、きっと体を重ねたからだよな……？

あのときの昂揚《こうよう》を思い出して、ドキドキしているだけに決まってる。

でも、正直なところ腰は痛いし、あそこもひりひりするし、体は怠いしで、到底《とうてい》『平気』と云《い》えるような状態じゃないんだよな……。

それでも見栄《みえ》を張ったのは、男の意地。自分からしてくれといったのに、疲《つか》れたとか辛《つら》かったとかは云いたくないし。

「そうか。歯止め利《き》かなかったから、心配した」

「歯止め？」

ぼそりと云われた言葉に首を傾《かし》げる。

それって、どういう意味なんだろう……？

「あの…」

「シャワー浴びるだろ？　下着と歯ブラシは封《ふう》切ってないのがあるから、これを使え。着替《きが》えは俺のでいいよな？」

「あ、ああ……」

何かいま、誤魔化《ごまか》されなかったか…？

少し引っかかるところがあったけれど、起き上がった尚之にてきぱきと着替えやタオルなどを手渡《てわた》されてしまい、俺は疑問を口にする隙《すき》も与《あた》えてもらえなかった。

「風呂場《ふろば》は廊下《ろうか》出てすぐのドア。使い方わかるか？」

「まあ、多分」

「置いてあるシャンプーとか、好きに使っていいから。わかんないことがあったら呼べよ。風呂入りたかったらお湯溜《た》めるけど」

「……シャワーでいいです」

そのマメさに毒気を抜《ぬ》かれ、俺は大人しく風呂場へと向かった。

着せられていたパジャマを脱《ぬ》いで、自分の体を見下ろすと、あちこちに赤い痣《あざ》がある。いったい、これは何だろうと首を傾げかけ、すぐにその正体に思い当たった。

「あっ！」

これ、キスマークってやつだよな…？

喉にあるのは、嚙《か》まれたときについた痕《あと》だろうか？

印をつけられたときのことをまざまざと思い出すと、じわりと顔が熱くなっていく。

「あーっ、もう!!」

恥《は》ずかしさに火照る体を冷まそうと、俺は浴室にずかずかと入り、頭から冷たいシャワーを被《かぶ》った。とは云え、冬の真っ直中に冷たい水を浴び続けていられるはずもなく、すぐに俺は温度を上げる。

「はあ……」

俺は深々とため息をつくと、シャワーを一旦《いったん》止めて、泡立《あわだ》てたスポンジを自分の体に滑《すべ》らせた。そして、尚之に触《ふ》れられた場所をごしごしと洗う。

肌《はだ》に鮮明《せんめい》に残る尚之の感触が薄《うす》まればと思って力任せに擦《こす》ったけれど、より詳《くわ》しく思い出してしまった俺は、ムキになって更に擦った。

——まあ……とりあえず、セックスがどんなものかはわかったし。

だけど、俺は果たして変われたんだろうか？　これで、古城に恋愛《れんあい》対象として見てもらえるような大人の仲間入りができたのだろうか？

「…………」

自分自身ではよくわからない。昨日の自分と今日の自分に、大きな変化があるようには思えない。

ただ違っているのは、苦い後悔《こうかい》と甘く疼《うず》く胸の痛み。

抱《だ》かれたことに対しての後悔はないけれど、尚之に無理強《むりじ》いなんかしてよかったのかな……。

尚之はどう思ってるんだろう？

挑発《ちょうはつ》するようにして関係を迫《せま》った俺に対して、恨《うら》みがましく思っていないだろうか？

尚之は噂《うわさ》通り遊び慣れているのか、行為《こうい》はかなり手馴《てな》れていた。何の躊躇《ためら》いもなく、男のあんなものまで口に含《ふく》めるのだから、相当経験しているに違いない。

実際にしてみるまでは尚之との経験値の差を悔《くや》しく思ったけれど、色々と思い知らされたいまでは、感心する気持ちのほうが大きかった。

いったい、尚之はいままで何人くらいとあんなことをしてきたのだろう？

「……っ」

あれ？　いま、何か胸が痛かったような……。

一瞬《いっしゅん》、ツキンと針に刺《さ》されたような痛みを感じたけれど、それはすぐに消え去った。胸の辺りを手で押さえてみたけど、その痕跡《こんせき》を見つけることは難しかった。

「罪悪感、とか？」

関係ない尚之を、身勝手な俺の失恋騒《さわ》ぎに巻き込んでしまったのだ。もちろん、それは申し訳ないと思ってる。

けど、ここまで俺を連れてきたのは尚之なわけで。それに、抱いたのは尚之だし、嫌《いや》なら断れば良かったんだし……。

――というか、尚之は俺のことをどう思ってるんだろう？

二年前に俺から距離《きょり》を取った詳しい理由はわからないけれど、一緒《いっしょ》にいられないと思うような何かがあったからこそ離《はな》れていったはずだ。

それなのに、昨日みたいに声をかけてきたのは、どういう心境の変化なんだ？

しかも、あんな無茶な頼《たの》みを聞き入れてくれるなんて――ほとぼりが冷めたのか、それとも、気落ちしている俺に同情したのか……。

昔はもうちょっと表情から感情が読み取れたけれど、二年のブランクのせいと、前よりも無表情になったあの顔のせいでいまはほとんど理解不能だ。

それこそ昨日の階段でのときみたいに、よっぽど怒《おこ》っていたりすれば別だけれど。

「わっかんねーな……」

考え込みながら体に纏《まと》わりついた泡をシャワーで洗い流していく。

本当にあいつは何を考えながら、俺を抱いたんだろう？　ちゃんと勃《た》たせてたくらいだから、俺の体に興奮はしたってことだよな？

昨日は必死だったから落ち着いて考える間もなかったけど、途中《とちゅう》でこんな白くて細いだけの体じゃ勃たないとかって云われなくてよかった。挑発した手前、そんなこと云われたら俺の立場がなさすぎる。

まぁ、尚之が大丈夫なんだから、古城にだって俺の体は有効なはずだよな？

セックスだって経験したんだし、これで俺が誘惑《ゆうわく》したら――。

「………」

ダメだ。全然、想像がつかない。

つーか、そもそも俺は古城とああいうことがしたいのか？

キス…とか、エッチとかしたいって思ったことあったっけ？

「……やっぱ、わかんねー」

色々とシミュレーションしてみたけど、どうしても色っぽいシーンを考えられない。古城との接触《せっしょく》で想像できるのは、せいぜいしがみついてるところくらいだ。

「………」

ま、まあ、そこまでの関係に至っていないから、想像が追いつかないだけだろう。

そう気を取り直し、俺はシャワーを止めた。

いつまでも俺が入っていたら、尚之が使えないもんな。さっさと出よう。

手早く体を拭《ふ》き、貸してもらった着替えを身に着けてリビングへ行くと、尚之は何を考えているかわからない顔でテレビを見ていた。

「あ…えっと、お先に…」

「遅《おそ》かったな」

「ごめん、ちょっとぼーっとしちゃって……わっ、何!?」

もごもごと云《い》い訳していると、肩《かた》にかけていたバスタオルを頭から被せられた。

「髪《かみ》がまだ濡《ぬ》れてる。よく拭かないと風邪《かぜ》を引く」

がしがしと髪を拭かれ、頭までぐらぐらと揺《ゆ》れる。こんなふうに、人に髪を拭かれたのは小学生の頃《ころ》以来だ。昔はよく古城にしてもらったけれど、この年ではどうにも気恥ずかしい。

でもこれって、子供扱《あつか》いっていうより恋人《こいびと》同士みたいだ……って、バカか俺は!!

「じ、自分でできるってば」

「なら、ちゃんと拭け。襟首《えりくび》まで濡れてるぞ」

「これからするつもりだったんだよ!」

尚之の手からタオルを奪《うば》い、俺は何故《なぜ》か火照《ほて》った顔を見られないようぷいっと背中を向ける。

「そのままでいると湯冷めする。寒いと思ったら、そこに置いてあるパーカーを着ておけ」

尚之はそう云い置くと、自分の着替《きが》えを手にシャワーを浴びに行ってしまった。

何から何までマメなやつ……。もしかしたら、自分が抱いた相手にはあんなふうに甲斐甲斐《かいがい》しくするのが常なのかもしれない。

俺は一通り髪を拭いてから、ソファーにかけてあったパーカーに腕《うで》を通した。尚之のものと思われるそれは、だいぶ大きくて袖《そで》も丈《たけ》も余ってしまう。

「やっぱむかつく……」

昔は俺よりも小さかったくせに、どうしてこんなにでかくなれるんだ!?

こっちは高等部入ってから伸《の》び悩《なや》んでるっていうのに!!

せめて、あと十センチくらいは卒業するまでに伸びて欲しい。親父《おやじ》も兄貴もあんなにデカいんだから、俺の中にだって長身の遺伝子があるはずなのに。

「これ、どんくらいあるんだ?」

俺の着てる服は、軒並《のきな》み男性物のSサイズか、どんなに頑張《がんば》ってもMサイズだ。

尚之のパーカーのサイズを見てみようと襟《えり》の後ろを引っ張ると、布地に染《し》みついた匂《にお》いが鼻先を掠《かす》めた。

あ…あいつの匂い……。

コロンのようなものはつけてなさそうだから、これが尚之の体臭《たいしゅう》なのだろう。

けっこう、この匂いは好きかもしれない。落ち着くというかほっとする。尚之の匂いのついた服を着てると、まるで抱きしめられてるみたいな気分になってくるっていうか……。

「……ん?」

んんん?

いまの俺の考えって、何かおかしくないか?

つまり、抱きしめられてるみたいな気分が好きってこと——?

——ピンポーン。

眉間《みけん》に皺《しわ》を寄せながら考えごとをしていると、来客を告げるインターホンが鳴り響《ひび》いた。

こんな時間から誰《だれ》だろう？　宅配便にしても早すぎるような……。

シャワーを浴びに行ったばかりの尚之に、わざわざ出てきてもらうのもなんだよな。荷物なら受け取っておけばいいわけだしと、俺は玄関《げんかん》へと向かった。

「はいはーい。どちらさま……」

「彬さん」

「えっ⁉　古城⁉」

何気なく開けたドアの向こうにいたのは、目下俺を悩ませている古城だった。

早朝だというのに、びしりとスーツを着込み、いつもと同じ取り澄《す》ました顔で姿勢正しく立っている。

「何でここに……」

「迎《むか》えに来ました。お母様も龍二さんも心配なさってますよ」

「ああ、そう…」

一瞬、古城自身が俺のことが心配で、こんな朝早くに迎えに来てくれたのかもしれないと思ったけれど、続けられた言葉にその期待は無惨《むざん》にも打ち砕《くだ》かれた。

しょげかけた俺は、昨日のことを思い出して気を取り直す。

古城に見合う大人になるために、尚之にセックスの手解《てほど》きを頼んだのだ。今日の俺は、いままでと少しは雰囲気《ふんいき》が変わってるはず……。

そんな期待を込《こ》めて、俺は古城におずおずと訊《たず》ねてみた。

「ねえ、何かわかんない？」

「何がですか？」

「…………」

表情一つ変えない古城の反応に、俺はガックリと肩を落とした。

もしかして、一回したくらいでは、変わりようがないのだろうか……。

「彬さん、こちらのお宅の方はまだお休みですか？　一言ご挨拶《あいさつ》をしたいのですが」

「いま、シャワー浴びてる」

「それなら仕方ありませんね。こちらの菓子折《かしおり》をわかりやすい場所に置いておいて下さい。ご挨拶は改めます。さあ、行きますよ」

「ちょっ、ちょっと待てよ！　あいつに何も云わないで出てけっつーのかよ！」

「気になるようでしたら、メモでも残していったらどうですか？　私の役目はあなたを無事に連れ帰ることですので」

「んだよ、それ……」

俺の都合はシカトかよ。

ホント、古城ってこういうとこ昔から変わんないよな。ガキはガキなりにつき合いがあることを理解してくれない。

それでも、今までこいつと一緒《いっしょ》にいることを選んで大人しくついて行ってたのは俺だけどさ。

そのせいで、いつまでもはいはいと云うことを聞く子供だと思われてるのかもしれない。

きっと古城の中で俺は、未《いま》だにおむつを替えていた頃のままのイメージなのだ。

つまり、少しばかり雰囲気が大人びたところで、先入観が除かれなければ何の意味もないということだ。

でも、どうやったらそれを払拭《ふっしょく》できるんだろう？

恋愛《れんあい》ができる大人として認識《にんしき》してもらうには、どうしたら……。

「彬さん？　何惚《ほう》けてるんですか。一声かけるなら、早く行ってきて下さい」

急《せ》かす古城を前に頭を捻《ひね》っていた俺は、あるアイデアを思いついた。

いま、尚之とつき合ってることにすれば、古城も少しは俺のことをそういった存在として意識したりしないだろうか？

俺のライバルである母さんには、もう父という相手がいるのだから古城にはどうすることもできない。だから、もしも自分が大人として恋愛対象になれるのなら、いつか振《ふ》り向いてもらえる可能性だってあるはずだ。

「……俺、帰らない」

「何を云ってるんですか？」

案の定、古城は呆《あき》れた顔をした。また駄々《だだ》を捏《こ》ね出したとでも思っているのだろう。

「しばらくウチに帰らない。俺はまだここにいる」

重ねて云うと、古城は真面目《まじめ》な顔で諭《さと》すように話しかけてきた。

「彬さん。こちらの方が幼馴染《おさななじ》みだからって甘えるにもほどがあります。いつまでもお邪魔《じゃま》してたら迷惑《めいわく》でしょう」

云い聞かせるような口調とはうらはらに、古城の行動は強引極《ごういんきわ》まりないものだった。俺の腕を物凄《ものすご》い力で摑《つか》むと、素足《すあし》のままの俺を引き摺《ず》って行こうとする。

「放せよ…っ！　あいつとはいまは恋人だから、迷惑でも何でもないッ」

力いっぱい嘘《うそ》だったけれど、少しでも古城が動揺《どうよう》してくれればと思っての言葉だった。しかし、古城は動じるどころか俺の反論を偽《いつわ》りだと決めてかかる。

「ふざけたこと云ってないで帰りますよ。どうせ、ふらふら出歩くつもりでしょう」

「どうせって、どういう意味だよ⁉」

云われた言葉に納得《なっとく》がいかず食ってかかると、深いため息をつかれた。

「拗《す》ねるとすぐにいなくなる癖《くせ》はどうにかして下さい。この間だって、それで誘拐《ゆうかい》されたんじゃないですか」

「………」

反論することができず、俺はむっつりと黙《だま》り込む。

確かにこの間は、古城にとんでもなく迷惑をかけた。あれはちょっと調子に乗りすぎだったと反省している。

だけど、それとこれとはいまは関係ない。

「ほら、行きますよ」

「やだってば!!」

玄関での攻防《こうぼう》を繰《く》り広げていると、不意に掴まれていた腕《うで》から圧力がなくなった。はっとして顔を上げると、いつの間にか尚之が、古城から俺を体ごと奪《うば》い取っていたのだ。

「なお……」

突然《とつぜん》の尚之の登場に驚《おどろ》いていたのも束《つか》の間《ま》、俺はその口から出た言葉に更《さら》に驚かされた。

「こいつの云《い》うことは本当だ」

「!?」

「何ですって…?」

「こいつはウチに置く。恋人として、責任もって面倒《めんどう》を見るから心配しないでいい」

尚之は、古城を玄関から押し出すと、一方的にドアを閉め、鍵《かぎ》をかけてしまう。

「彬さん!」

唖然《あぜん》として、その様子を見守っていると、次に外から聞こえてきたのは諦《あきら》めの混じった疲《つか》れた声だった。

「また後日、伺《うかが》います」

そうして、立ち去る足音のあとには静寂《せいじゃく》が訪《おとず》れる。

「あ……えーと……」

「よかったのか？」

「う、うん。ありがとう……」

まさか、尚之が俺の嘘に口裏を合わせてくれるなんて思いもしなかった。

古城を試《ため》すために、思わず嘘を云ってしまっただけで、本気で尚之の家に居座るつもりじゃなかったのに。本当に俺、昨日から尚之に迷惑かけっぱなしだ……。

もしかしたら、こういう考えなしなところに愛想《あいそ》を尽《つ》かして、尚之は俺と距離《きょり》を置いたのかもしれない。

でも、これ以上の迷惑はかけられないよな。古城が云っていた通り、てきとうなところをふらふらして時間を潰《つぶ》して、頃合《ころあ》いを見計らって帰ろう。

最悪、兄貴の家に転がり込んで匿《かくま》ってもらうって手もあるし。いまは恋人と暮らしてるみたいだから、思いっきりウザがられるとは思うけど、兄貴が恋人と上手《うま》くいったときに一役買ってやってるんだから、そのくらいしてもらってもいいはずだ。

「あのさ、俺――」

「ここに置いてやろうか？」

もう出て行くからと云おうとした言葉を遮《さえぎ》って告げられた内容に、俺は目を丸くした。

「へっ⁉」

「お前んちに比べたら狭《せま》い家だが、ここでも特に不便はないだろう。行く場所がないなら、ここにいればいい。あの人の手前、つき合ってることにしたいなら、それも引き受けてやる」

「そりゃ、置いてくれるんならありがたいけど……でも、いいの？」

この寒い中、外で時間を潰す場所を探してふらつくのは億劫《おっくう》だから助かるけど、どうして尚之が俺のためにそこまでしてくれるんだ？

「ただし、条件がある」

「条件？　掃除《そうじ》とか洗濯《せんたく》とか？　俺、家事ってあんまやったことないんだけど……」

「別に掃除も洗濯もしなくていい。俺の相手さえしてくれれば」

「は？」

相手というのは、何をすればいいんだ？

テレビゲームってオチじゃないだろうし、尚之がスポーツにハマってるという話は聞いたことがない。

「ここにいる間、お前を俺の好きにさせろ。それが条件だ」

「好きにって……」

「俺のしたいときに、抱《だ》かせろってことだよ」

事も無げに云われた言葉に、目が点になる。そして、その内容を理解した瞬間《しゅんかん》、俺は驚きに大声を上げた。

「はぁ!? お前、他校に彼女がいるとか女子大生と遊びまくってるって話じゃん! 何で俺なんかを…」

「体の相性《あいしょう》がよかったんだ」

「相性……」

とんでもないことをさらりと云われ、俺は仰天《ぎょうてん》した。

でも、たったそれだけの理由で!?

いや…まあ、価値観は人それぞれだろうし、尚之がそういうことを重視していても俺にどうこう云える資格はない。

相性とやらも、初めてだった俺には他の人間とはどう違《ちが》うのかわからないけど、尚之がそう云うならそうなのだろう。

「それに、女は面倒だ」

「へ…そうなの? その割には…」

手馴《てな》れていたよなぁ…?

あの手際《てぎわ》で数えるほどしかしたことがないとは云わせない。

「彼女がいなかっただけで、経験がないとは云ってない」

「じゃあ、遊んでたってことじゃん」

昨日訊《き》いたときははぐらかされてしまったけれど、結局、学校での噂《うわさ》はあながち間違っていたというわけではないようだ。

「俺から誘《さそ》ったことは一度もない」

「ああ、そうですか……」

つまり、正式な彼女を作らずに、寄ってくるお姉様のお誘いに乗っていただけと云いたいんだな。でも、それだって充分《じゅうぶん》『遊び人』の称号《しょうごう》がふさわしいと思うけど。

そんでもって、女の相手をするのが面倒になったけど、そういうことだけはしたいと、そう云いたいわけだ。

何か、とてつもなく理不尽《りふじん》な条件に思えるけど、同じ男として気持ちがわからないでもない。あの快感を知る前なら溜《た》まった欲求を自分で処理する程度で満足できるかもしんないけど、一度味を占《し》めてしまったあとじゃ物足りなさは否《いな》めないだろう。

抱くほうの気持ちよさはわからないけど、人と触《ふ》れ合うことの心地《ここち》よさは言葉では云い尽くせなかったし……。

――どうする？

尚之の申し出を断って喫茶店とかで時間を潰すか、条件を受け入れてここで過ごすか……。

もしも、外をふらふらしてるときに古城に見つかったら、尚之とつき合ってると云ったことが嘘だったとバレてしまうよな…？

　いまでも疑ってるみたいだったから、信憑性《しんぴょうせい》を持たせるにはここにいるのが得策だ。

　その場合、俺は尚之を利用するわけだから、尚之にも何かメリットがあってしかるべきだ。

　この体を好きにする程度のことで尚之が満足するというのなら……取り引きに応じてもいいかもしれない。

　……まあ、尚之とのエッチは悪くなかった。正直なところ、かなり気持ちよかった。恥《は》ずかしかったのは事実だけど、それを凌駕《りょうが》するほどの快感だった。

　それが、尚之の云う『体の相性』のせいかどうかはわからないけど、もう一回してもいいかも、とは思うし……。

「どうするんだ？」

「ええと……」

　もう一回しちゃったんだから、二回しようが三回しようが同じこと、だよ…な？

　たくさんこなせば俺の経験値も上がるし、大人の古城にバカにされないようにもなるかもしれないわけで。

「嫌《いや》なら構わないが？」

「う……」

　返答を迫《せま》られ、焦《あせ》る気持ちが募《つの》っていく。

どうする？　俺。

迷いながら顔を見上げると、こっちをじっと見つめている尚之の視線とぶつかった。そのまっすぐな眼差《まなざ》しに、ドキリと俺の心臓が大きく跳《は》ねる。

俺はこくりと喉《のど》を鳴らし、決意を固めた。

「――その条件、呑《の》んだ」

「契約《けいやく》成立だな」

あまり表情を変えない尚之が突然《とつぜん》ニヤリと笑ったかと思うと、俺の顎《あご》を摑《つか》み、無遠慮《ぶえんりょ》に唇《くちびる》を奪《うば》ってきた。

「ん――…っ!?」

しっかりと固定された顎を動かすこともできず、捩《ね》じ込まれた舌に傍若無人《ぼうじゃくぶじん》に口の中を舐《な》め回されたあと、唇が解放される。

「ななな何すんだよっ」

不意打ちのキスは腰《こし》に響《ひび》き、抱かれた記憶《きおく》も生々しい俺の体は不穏《ふおん》なざわめきを覚える。

真っ赤になって文句を云《い》う俺に対し、尚之は涼《すず》しい顔で嘯《うそぶ》いた。

「したかったからしただけだ。腹へっただろ？　飯食うか？」

「あのなぁ…っ」

お前にとってキスは何でもないことなのかもしんないけど、俺はまだ慣れてないんだよ！

　せめて、予告くらいしてからしろっつーの!!

「食わないのか？」

「……食うよっ」

　その余裕綽々《よゆうしやくしやく》な態度に苛立《いらだ》ちを覚えつつ、昨日から食事をしていないことを思い出し、俺は素直《すなお》に頷《うなず》く。

　尚之はすたすたとキッチンに向かいながら、訊《たず》ねてくる。

「冷凍《れいとう》ものとカップ麺《めん》とどっちがいい？」

「え？　どっちでも……」

「わかった」

　ウチはずっとお手伝いさんがご飯を作ってくれているから、どっちもあんまり食べたことがないけど、空腹のいまは腹に何か収まればいい。

　何にせよ、とりあえずは腹ごしらえをしなければ。

　玄関《げんかん》に立ち尽《つ》くしていた俺は、慌《あわ》てて尚之のあとについていった。


「ごちそうさま」

「ああ」

「ええと……俺、何か手伝おうか？」

食べるだけ食べて何もしないというのも気が引けて、そう申し出るとやんわりと断られた。

「すぐすむから別にいい」

一人になった俺は、入れてもらったインスタントコーヒーを飲みながら、ソファーの背にもたれかかった。

冷凍食品も思ったより美味《おい》しかった。味気なさは否めないけれど、用意する手間を考えるとあんなものなのだろう。

俺の家では、食事が用意された席に着いて食べるだけでいい。でも、一人暮らしの尚之はその用意も片づけも、全部自分でやらなければならないのだ。食事だけじゃなく、掃除《そうじ》も洗濯《せんたく》も他《ほか》にやってくれる人は誰《だれ》もいない。

だからこそ、冷凍庫にはたくさんの冷凍食品が詰《つ》まっているのだろう。

「大変だよな……」

高等部に上がったときから一人暮らしをしているということは、もう、一年半以上ここに一人でいるということだ。

生活する上での苦労もそうだけれど、誰も傍《そば》にいない生活を淋《さび》しいと思うことはないのだろうか？

「何を考えてたんだ？」

「べ、別に」

考えていた当人に訊ねられ、バツの悪い気分になる。

「昨日、ここでしたことでも思い出したか」

「ばっ、バカ云え！　そんなんじゃねーよ!!」

何だその親父《おやじ》クサイ発言は!!

「……はぁ……」

まったく、俺の知ってる可愛《かわい》げのある尚之はどこにいっちゃったんだか……。

「ちょっと借りるぞ」

俺の隣《となり》に腰を下ろした尚之は、おもむろに横になると、俺の膝《ひざ》に頭を乗せてきた。ビックリした俺は思わずコーヒーを零《こぼ》しそうになり、慌ててカップを持ち直す。

「おい、何なんだよッ」

「好きにさせる約束だろ、膝くらい貸せ。昨日は寝《ね》るのが遅《おそ》かったから眠《ねむ》いんだ」

「…ったく……」

仕方ない。

俺は腕《うで》を伸《の》ばしてコーヒーカップをテーブルに置き、尚之の好きにさせることにした。

「彬、ちょっと」

「ん？」

　尚之は、ちょいちょいと指で誘《さそ》う仕種《しぐさ》をする。内緒話《ないしょばなし》でもあるのかと深く考えずに顔を近づけた俺は、すぐに自分の浅はかさを後悔《こうかい》した。

「……っ」

　顔を近づけた瞬間《しゅんかん》、首の後ろをぐいっと引き寄せられ、またもや唇を奪われてしまったのだ。

「寝るなら早く寝ろ！」

「おやすみのキスだろ」

「はぁ……？」

　おやすみのキスって、俺らはどこのバカップルだ⁉

「いいから寝やがれっ」

　尚之の顔を引き剝《は》がし、ぺしりとおでこをはたくと、尚之はふっと小さく笑ったあと素直に目蓋《まぶた》を下ろした。

「二時間したら起こせよ」

「わーったよ」

　本当に寝不足だったのか、やがてそのまま規則正しい寝息を立て始める。

　……本気で寝ちゃったよ。

　そういや、昨日俺は先に意識をなくしちゃったけど、尚之は俺をベッドに運んだりしてくれたんだよな。体も綺麗《きれい》になってたから、きっと拭《ふ》いたりしてくれたに違《ちが》いない。

ちっちゃい頃《ころ》は、俺のほうが尚之の世話を焼いてたのにな……。

幼稚《ようち》部の頃の尚之は体も小さく、可愛かったから上級生によくいじめられていた。二人揃《そろ》って男女《おとこおんな》とかってからかわれてたっけ。

そんなとき尚之を庇《かば》い、反撃《はんげき》していたのは外でもないこの俺だ。

おまけに、守ってやらなきゃと思う気持ちが高じて、俺は尚之に『嫁《よめ》にしてやる!』とまで宣言したこともあった。

ったく、何も知らない子供だったとは云え、偉《えら》そうなことを云ってたよな。

「それなのに、いまじゃこれだもんな……」

鈍《どん》くさくて目が離《はな》せなかった尚之が、こんなにでかくなるなんて誰が予想しただろう?

こいつ、まだ成長すんだろうな……。

古城だって年々男前の度合いが上がってるし。こいつだって、いまはまだ高校生だけど、この後もっとカッコよくなるかもしれない。

いまでも充分《じゅうぶん》すぎるくらいカッコいいのに、大人になったらもっとカッコよくなっちゃうのかな。そんでもって、俺はいつまで経《た》っても追いつけないんだろうか……。

俺だってもっとでっかくなって、筋肉だってつけて、そしたら男らしくなるに決まってる。

そうしたら……。

「ふわぁ……」

やべ、俺まで眠くなってきた。

尚之が寝てんだから、俺もちょっとくらいいいよな？　起こせって云《い》われたけど、こいつを起こす前に俺が起きればいいんだし。

そう自分に云い訳をしながら、体の力を抜《ぬ》く。すると、睡魔《すいま》はあっさりと訪《おとず》れ、すぐに意識が遠退《とおの》いていった。

――夢の中で俺は、木々の間を走っていた。

きょろきょろと辺りを見回しながら、息を切らせて何かを探している。

ようやく見つけた彼は、大木の根元に座り込み、めそめそと泣いていた。

『なおっ！　ようやく、見っけた。また泣いてんのかよ』

きっと、また隣《となり》のクラスのやつらがちょっかいをかけてきたに違いない。それから逃《に》げるために、裏庭のこんな奥まで来たんだろう。

あいつら、当番とかで俺がいないときを狙《ねら》って、尚之のことをいじめるんだよな。

『うん、だって酷いんだよ……』

そう云って続けられた内容は、いつもと何ら代わり映《ば》えのしない揶揄《やゆ》の言葉。

このところ、尚之も頑張《がんば》って対抗《たいこう》していたけれど、喋りの遅い尚之は結局云い負かされてしまっていた。

それに、初等部に上がってから、特にあいつらのイジメがより陰湿《いんしつ》になった気がする。先生たちに見つからないような場所で酷《ひど》いことを云ったり、誰がやったかわからないように、巧《こう》妙《みょう》に細工した嫌《いや》がらせをしてくるのだから質《たち》が悪い。

『おれがあとで仕返ししといてやる。だから泣くな』

『うん……』

『どうした？　まだ他にも嫌なことされたのか？』

いつもはすぐに晴れる表情が、この日は何故《なぜ》か曇《くも》ったままだ。

『あいつらに云われたんだ。お前、あきらがいないと何にもできないんだなって。ぼく、あーくんの邪魔《じゃま》になってるの…？』

『ばっかだなあ！　おれがお前を邪魔に思うわけねーじゃん!!』

色々とろくでもないことを吹《ふ》き込まれたらしく、尚之は不安がっているようだ。

あいつら、覚えておけよ。今度こそ、尚之の前で土下座させてやる。

『でも、ぼくももっと一人でちゃんとできるようになんないとダメだよね…？　そのうち、ウザがられていなくなっちゃうぞって……』

『何云ってんだよ。なおはおれのできないこととかできんだろ。それでいーんだよっ！　それに、おれはなおとずーっと、ずーっと一緒《いっしょ》にいる』

『ずっと？』

『だって、中等部も高等部も大学もこのまま一緒だろ？　だったら、大人になっても二人でいればいいじゃんか。お前はおれのお嫁さんになるんだから、死ぬまで一緒だ』

『そうだったね』

えへへと笑う尚之の目尻《めじり》から溜《た》まった涙《なみだ》が一滴《ひとしずく》零《こぼ》れ落ち――そこで突然《とつぜん》、俺の意識が覚醒《かくせい》した。

「……ら。彬。起きろよ、彬」

「んん…？」

あれ？　なおがデカくなってる……。

「眠いなら寝ててもいいから、一旦《いったん》目ぇ覚ませ」

「あれ…？　俺、寝てた？」

「気持ちよさそうにな」

何か、昔の夢を見ていた気がする。夢の中の俺は、可愛かった頃の尚之と小指を絡《から》め、指きりをしていた。

大人になってもずーっと一緒にいようね、と微笑《ほほえ》みあったところで目が覚めた。

あれは初等部に上がったばかりの頃のことだろうか？

同じクラスにいじめっこのグループがいて、しばらく尚之を標的にしていた。

いま考えると、あれは尚之が可愛かったから絡んできていたんだろうなとわかるけど、当時はただの嫌がらせとしか思えず、俺はムキになって仕返しに行ってたっけ。

お陰《かげ》で俺のほうはケンカが強くなってしまい、私立のお坊《ぼっ》ちゃま校だというのにいっぱしの札つきになってしまった。

「彬。俺はこれから予備校だから。留守番を頼《たの》む」

「へぇ、お前、予備校なんか行ってんだ」

ウチの学校はエスカレーター式で大学までそのまま持ち上がる生徒が多いから、塾《じゅく》に通うようなやつはかなり稀《まれ》だ。

尚之は昔から頭がよく、学校ではトップクラスの成績で、先生たちの評価も高い。それなのに、わざわざ塾に行く必要なんてあるんだろうか？

「外部受験するから、そのくらいは」

「え？　そう…なんだ……」

俺は尚之の言葉にショックを受ける。

小学生の頃、同じ大学に行こうと約束したのに。それはもう無効なのだろうか？

一度友達をやめてしまったところで、全《すべ》てリセットされてしまったのかもしれない。いまだって、こうして表面上は気安く話してくれているけど、俺のことをどう思っているかはさっぱりわからないのだ。

「七時には終わるから、何か買ってくる。夕飯は何がいい？」

「……別に近所のコンビニで買うからいいよ」

判明した事実に、俺の胸には大きな穴がぽっかりと空いたかのようだった。

もうだいぶ前に吹っきったと思っていたのに、尚之の存在は自覚しているよりもずっと大きいものだったらしい。

「そうか？」

「ああ」

同じ大学に行けないくらいでショックを受けてるだなんて知られたくなくて、俺は何でもないかのように振《ふ》る舞《ま》うことに努めた。

一度縁《えん》が切れた相手だ。こうして宿を提供してもらってるだけで充分じゃないか。

「この家のものは好きに使っていい。そこの棚《たな》にＤＶＤがあるし、本が読みたければ俺の部屋にある」

「わかった」

「じゃあ、行って……ああ、そうだ」

「？」

手の平に握《にぎ》らされたひやりとした感触《かんしょく》に、俺は首を傾《かし》げる。閉じた指を一本ずつ開いていくと、銀色に光る鍵《かぎ》がそこにあった。

「しばらくここにいるなら必要だろう？」

「あ…ありがとう……」

合い鍵までくれるとは思わなかった。

「それじゃ、行ってくる」

「行ってらっしゃ――」

そう云いかけた俺の口は、またもや尚之の唇《くちびる》に塞《ふさ》がれていた。

「な、な、な……」

「行ってきますのキスだ」

もう、何を云っていいのかわからない。赤面したまま口をぱくぱくさせていると、尚之は再びしゃあしゃあと云い放つ。

「このくらいのことには慣れてもらわないとな」

体を屈《かが》め顔を近づけたままの尚之はぺろりと俺の唇をもう一度舐《な》め、涼《すず》しい顔で部屋をあとにした。

「くっそぉ……」

俺、あいつにいいように遊ばれてないか!?

つーか、あんな夢を見たせいで、昔の尚之とのギャップが激しい。どうやったら、あんな可愛《かわい》げのない男に育つんだ?

若葉マークの俺の反応が楽しいのかもしれないけど、からかうにもほどがある。次こそは、

絶対に動じないようにしてやる…っ。

「……はぁ…」

——一人で憤《いきどお》っていたら疲《つか》れてしまった。

「……もっかい寝《ね》よ」

俺はぱたりとソファーに横になり、クッションに顔を埋《うず》める。そうして、再び睡魔《すいま》が訪《おとず》れるのを待ったのだった。


結局、あのあと眠《ねむ》ることができず、暇《ひま》を持て余した俺は勝手に尚之の部屋を漁《あさ》ってテレビゲームを発掘《はっくつ》したけれど、ちまちまと進めるRPGは性《しょう》に合わず、マンガも読み飽《あ》きてしまった。

仕方なしにDVDの洋画を見始めたところで、お腹《なか》が鳴り出す。

「腹へった……」

そういや、朝メシ食っただけでそれから何にも腹に入れてないんだよな。

食欲だけは無駄《むだ》にある俺はきっちり三食食べないと、何をするにも気力が湧《わ》かない。そんなに食べていても太ったり背が伸《の》びたりするわけじゃないのが不思議だ。

口の悪い友達には燃費が悪いと云《い》われるが、俺だって兄貴みたいな体格が欲しいよ。

何かあるだろうかと冷蔵庫の中を覗《のぞ》いてみたけれど、あるのはインスタント食品ばかりだった。これに手をつけてもいいものかと悩《なや》み、やめておいた。

「コンビニでも行くかなぁ」

預かった合い鍵をポケットにしまうと、いつの間にかハンガーにかけてあったダッフルコートをばさりと羽織る。

マンションを出た俺は、昔の記憶《きおく》を頼《たよ》りに近所のコンビニエンスストアに向かった。

「どうしよ。あいつのぶんも買っといたほうがいいのかな」

おにぎりやらサンドイッチやらをカゴに放《ほう》り込みながら、何となくそんなことを考える。

もしかしたら、また冷凍食品《れいとうしょくひん》で凌《しの》ぐつもりかもしれない。尚之の栄養の偏《かたよ》りが気になり、ついサラダのパッケージを二つ追加した。

「俺も古城に感化されてるな……」

食事のたびに好き嫌《きら》いをするな栄養が偏るとねちねち云われ続けたせいで、それがしっかりと染《し》みついてしまっているらしい。

会計をすませ、外に出るとさっきまで吹《ふ》きつけていた風が、少し穏《おだ》やかになっていた。

電源を落としていた携帯《けいたい》のメールチェックをしながらマンションに帰ろうとした俺は、表示されている時間を見てふと思い出した。

「確か、七時に終わるって云ってたよな？」

……ついでに覗きに行ってみるか。

別に迎《むか》えに行くわけじゃない。ずっと家でごろごろしてたから運動不足だし、散歩がてら駅まで行くようなもんだし。あくまで、ついでに覗くだけだ。

そう自分に云い訳をしながら駅前にある予備校の前に行くと、丁度授業が終わったのか、中から学生たちがぞろぞろと出てきていた。

時計は七時を指している。きっと、そのうち尚之も出てくるだろう。

どうせここまで来たんだから一緒《いっしょ》に帰ってやってもいいか。そう思い、俺は道路を挟《はさ》んだ向かいで尚之を待つことにした。

「おっせーなー……」

何してんだろ、あいつ。無駄に真面目《まじめ》だから、講師に質問とかしてたりして。

もう、先に帰ろうかな……。

学生たちが駅に向かう中、一人で立ち尽《つ》くしていたら、自分の行動がだんだんと恥《は》ずかしく思えてきた。

いくらついでとは云え、予備校まで来て待ってるなんて、バカじゃないのか？

やっぱ、帰ろ。買い物はすんだんだし、あいつと一緒に帰らなくちゃいけない義務もない。

そう思い、踵《きびす》を返そうとしたそのとき、ガラスの向こうに尚之の姿を見つけた。

「……あ……」

一瞬《いっしゅん》、表情を綻《ほころ》ばせてしまい、慌《あわ》てて口元を引きしめる。

何、喜んでんだ俺は！

だけど、尚之はすぐに出てくるかと思いきや、自習室のようなところでたくさんの人に囲まれて話し込んでいた。

周囲を取り巻くのはやはり女の子が多く、一番近くにいる子は遠目でもかなり可愛い顔でスタイルもいいように見える。

「何なんだ、あれ」

女は面倒《めんどう》なんじゃなかったのか？

満更《まんざら》でもなさそうな態度取りやがって。俺がせっかく迎えにきてやってんのに、何とろとろしてんだよ……。俺と連《つる》んでたときは、物凄《ものすご》い人見知りだったくせに。俺以外とはほとんどまともに口利《き》けなかったくせに。

「……っ、知るかあんなやつ!!」

どうして俺が、いちいち尚之の動向に一喜一憂《いちゆう》しなくちゃいけないんだ！

恋人《こいびと》のふりをしてもらったとは云え、どーせふりだけなんだから、あいつが誰《だれ》と楽しそうに話そうが俺の知ったこっちゃない。

そうやってムカムカしていると、俺に数人の男が近づいてきた。

「かーのじょ。こんなとこで何やってんの？」

「人待ちみたいだけど、もしかしてフラれちゃった？」

俺の周りを取り囲むようにして、三人の男たちが行く手を遮《さえぎ》った。にやにやと笑う顔には、下心がありますとわかりやすく書いてある。

「暇ならナンパしてもいいかなぁ？」

人の虫の居所が悪いときに鬱陶《うっとう》しい……。

こいつら、尚之と同じ予備校の学生だろうか？

その割にバカっぽい面《つら》してるけど、こんな奴《やつ》らでも受かる大学なんかあるのか？

「あのさ。間違《まちが》えないで欲しいんだけど。俺、男だから」

かなり不本意だけど俺は、そいつらの間違いを親切にも訂正《ていせい》してやった。いい加減、女と間違われることはなくなったと思ってたのに、腹立たしい。

「へ？」

「聞こえなかった？　男なの。ったく、よく見ろっつーの」

俺はアホな頭にも理解できるように、はっきりと発音してやる。

薄暗《うすぐら》い中で、ダッフルコートなんか着てるからわかりにくかったのか？　だとしても、そこらへんの女子よりは身長だってあるだろうが！

「男？　マジで!?」

そいつらは目をまん丸く見開いて、俺のことをしげしげと見つめてくる。その視線すら不愉《ふゆ》快《かい》で、俺は全身に鳥肌《とりはだ》が立った。

「何だよ、お前。男なんかナンパして、ばっかじゃねーの？」

「うるせぇな！　お前らだって上玉だって乗ってきたじゃねえか!!」

「けど、云い出しっぺはお前だろ？」

さっさと切り上げようと思ったのに、仲間内でそんなやり取りを始めたものだから、何だかややこしいことになってしまった。

どうでもいいけど、揉《も》めるなら俺のいないとこでやって欲しいんだけど…。

「つーかお前！　紛《まぎ》らわしいんだよ！」

「んな、逆ギレされても困るんだけど。勝手に間違えたのはあんたたちのほうだろ」

――本当、呆《あき》れて物も云えない…。こういうときは、悪かったと謝って去るのが常識じゃないのか？

呆れ返って見回すと、そいつらは表情を歪《ゆが》めた。

「生意気なやつだな…。痛い目見たいってのかよ!?」

「痛い思いをするのはあんたたちのほうだと思うけど？」

握《にぎ》られた拳《こぶし》をちらつかせてきたけれど、俺は鼻で笑い飛ばす。

俺の見かけは柔《やわ》かもしれないけど、ケンカ慣れだけはしてる。相手にケガをさせ、古城に叱《しか》られたことも一度や二度じゃない。

だけど、男たちは怯《おび》えもしない俺にますます頭に血を上らせた。

「はぁ……」

こうなったら、俺が物事ってやつを教えてやるしかないか。

仕方ないなとため息をつき、俺は久々に拳に物を云《い》わせることに決めた。すると、臨戦態勢になったところにおもむろに割って入ってくる人間がいた。

「何してんだ、あんたら」

「関係ないやつは引っ込んでろよ！」

「尚之……」

男たちを力任せにどかして俺の前に立ちはだかったのは、予備校内で女の子と楽しげに話をしていたはずの尚之だった。

いったい、いつ俺に気がついたんだろう？

「何？　こいつの知り合い？　じゃあ、お前にも恥《はじ》かかされた責任取ってもらおうか」

「あんたらバカか？　ここが予備校の前だってわかってんのか？　親や学校に騒《さわ》ぎが知れてもいいんなら、俺は構わないが」

「……っ」

尚之の言葉に、やっと三人とも自分の状況《じょうきょう》を把握《はあく》したらしい。息を呑《の》むと、さっと顔色を変えた。

「おい、やべぇんじゃねーの？」

「くそっ！」

三人はお互《たが》いの顔を見合わせたあと、そそくさと足早にその場を去っていく。すごすごと駅の方角へ急ぐその背中を見送りながら、俺は横にいる尚之に文句を云った。

「んで、邪魔《じゃま》したんだよ」

せっかくやる気を出したのに、いいところで邪魔しやがって。

鬱憤《うっぷん》晴らしにはちょうどいい相手だったのに。

「行くぞ」

「な、何だよ…っ」

尚之は問いかけに答えることなく、俺の手を摑《つか》んで怖《こわ》い顔で引っ張って行く。その剣呑《けんのん》な雰《ふん》囲気《いき》に気圧《けお》され、俺は一瞬毒気を抜《ぬ》かれてしまった。

「何でお前のほうが怒《おこ》ってんだよ⁉」

「黙《だま》ってついてこい」

「わかったから、この手放せって‼」

どうせ帰る場所は同じなんだから、手を放したって大丈夫《だいじょうぶ》だろ？　つーか、これって何か手を繋《つな》いでるみたいで恥ずかしいんだよ！

だけど尚之は、きっぱりと俺の訴《うった》えを却下《きゃっか》する。

「嫌《いや》だ」

「ばっ、バカ、人が見てるだろうが…っ」

「関係ない」

「尚之…っ!!」

結局、尚之の家の玄関《げんかん》に着くまで、手はずっと繋がれたままだった。

玄関に押し込まれた途端《とたん》、肩《かた》を掴まれて壁《かべ》に押しつけられたかと思うと、物凄い怒声《どせい》が降ってくる。

「何であんなところにいたんだ？」

「ちょっとコンビニ行って、さ…散歩してただけだよ……。そしたら、たまたまあそこに出ちゃっただけで……」

まさか尚之を迎《むか》えに行っただなんて云えるわけもなく、俺はもごもごと云い訳を口にする。

そう、散歩。散歩で通りすがっただけであって、他意はないのだ。

「散歩くらいお前の自由だが、こんな時間にあんな場所に一人で来るな」

「なっ…何でお前にそんなこと云われなくちゃいけないんだよ！」

「危ないからだ。俺はふらふら出歩かせるために鍵《かぎ》を渡《わた》したわけじゃない」

「けど、さっきのは俺が悪いわけじゃねーじゃん！　女と間違えたあいつらが悪いんだ!!　それに、あんなのに俺が負けるとでも思ってんのかよ!?」

俺を女と間違えやがった腹いせにボコるつもりだったんだぞ！

あんなアホっぽいやつらなんて、三人いたって俺一人で倒《たお》せたはずだ。

「負ける負けないじゃない！　何かあったらどうするんだと云ってるんだ。もっと質《たち》の悪いのだってうろついてんだぞ!?」

「うるさいっ!!　お前だって女子に囲まれてただろ！」

一方的に責められる理不尽《りふじん》さに、俺は胸の中にわだかまっていた不満をぶちまける。

尚之がさっさと出て来さえすれば、待ちぼうけを食《く》らうことも、あんなアホ共に絡《から》まれることもなかったんだ。

深く考えずに口にした発言だったけれど、尚之は引っかかりを覚えたらしい。

「――……お前、いつからあそこにいたんだ？」

「あ…その、えーと……」

しまった……。

散歩で通りすがっただけで、話し込んでいる尚之の姿が確認《かくにん》できるはずもない。語るに落ちるというのは、もしかして、こういうこと……？

「俺を迎えに来てくれたのか？」

「べ、別に迎えに行ったわけじゃねーよ。ただ、コンビニ行ったついでにちょっと覗《のぞ》いてみようかなって……」

「そんなの、俺の勝手だろ!?　悪かったな!お前が七時に終わるっていうから、一緒《いっしょ》に帰れるかと思ったんだよ!!　だいたいお前がとっとと出てくりゃ――」


云い訳を繰《く》り返すのも自分を誤魔化《ごまか》し続けるのも限界で、俺はぶっちゃけてしまう。

すると、尚之は目を見張り、黙り込んだ。

「……………」

「もういい、俺が悪かったよ!　今後気をつけます。これでいいんだろ!?」

どうせ、柄《がら》じゃないことしてるとでも思ってるに違《ちが》いない。俺だって、バカなことしたって思ってるよ。

どうせ、迎えに行くような間柄じゃないもんな。

いまこうして一緒にいるのだって、ただの取り引きの一環《いっかん》だ。尚之は俺に面倒《めんどう》を起こして欲しくないんだろう。だからこそ、口を酸《す》っぱくして注意してくるんだ、きっと。

「くそっ、笑いたきゃ笑えよ!!」

あーもうっ!!

何で俺がこんな恥《は》ずかしい思いをしなくちゃいけないんだ!!

「……いや、一方的に責めたりして悪かった」

「な、何だよ」

それまでの説教モードが鳴りを潜《ひそ》め、尚之は俺に頭を下げてくる。

「お前が俺を迎えに来るとは思わなかったから」

「俺はコンビニ行ったついでに行っただけで、お前を迎えに行くのが目的で家を出たわけじゃないからな!?」

「それでも、来てくれたのは事実だろう?」

「まあ、それは…そうだけど……」

何か調子狂《くる》うなぁ……。

俺だけが責められるよりはマシだけど、そうやって殊勝《しゅしょう》に謝られてしまうと、こっちの勢いも削《そ》がれてしまう。

「だが、お前は自分の容姿を自覚したほうがいい。その顔がどれだけ人目を引くかわかってるか?」

「おい。見た目で人のこと云えるのかよ?」

尚之の云いように、俺はムッとする。予備校で女子に囲まれてたのはどこの誰《だれ》だ。

「俺が男にナンパされるわけないだろう」

「うっ……。む、昔はお前のほうが可愛《かわい》かったくせに!」

反論できない悔《くや》しさに、俺は思わず過去のことを持ち出してしまう。

だって、小学生の頃《ころ》の尚之は本当に可愛くて、変質者に誘拐《ゆうかい》されそうになったり、電車で痴《ち》漢《かん》にあったりと散々な目に遭《あ》っていたんだ。今の俺なんかより、ずっと危なかったくせに…。

「女の子と間違えられてたのは、お前のほうが多かったくせに！　それなのに、俺よりでかくなりやがって……」

最後の言葉はただの愚痴《ぐち》……。成長には個人差があるとは云《い》え、同い年でこれだけの差がついてしまうと神様を恨《うら》みたくもなるってもんだと思う。

「それは俺が謝るべきことなのか？」

「むっかつくな、お前……。謝られたら、ますます俺が情けなくなるだろ!?　ホントにお前、生意気になったぞ!!　あーあ…昔はあんなに可愛かったのに……」

大袈裟《おおげさ》に嘆《なげ》き悲しむと、尚之は何故《なぜ》かくすりと笑いを零《こぼ》した。

「お前、俺をお嫁《よめ》さんにするとか何とか云ってたもんな」

「え？」

俺は尚之の発言を、思わず聞き返してしまう。

「覚えてないのか？」

「覚えてるけど…尚之こそ、覚えてたんだ……」

俺がそんなことを云っていたのは幼稚部《ようちぶ》のとき。

あのときは、結婚《けっこん》とはずっと二人一緒にいるための約束だと思っていたため、尚之をお嫁さんにする気でいたんだよな、俺…。

結婚すれば、自分がずっと尚之を守ってやることができると、そう信じていたんだ。

「まぁな」

「んな昔のこと、忘れてると思ってた」

「全部覚えてる。お前のことならな」

「えっ？」

それってどういう意味……？

尚之の真意を悟《さと》ろうにも、表情のないポーカーフェイスがそれを阻《はば》む。

「で？　お前の云いたいことはそれだけか？」

「云いたいこと……」

あ、あれ？　俺、何を云おうとしてたんだっけ？

二人で云い争いしてたことは覚えてるけど、それを再開させる気概《きがい》はもう残ってない。正直云うと、もうすでにさっきのテンションは落ち着いてしまっている。

むしろ、ムキになってる自分が恥ずかしいくらいだし。

「もういいや。いいから、飯食おうぜ。一応、お前のぶんも買っといたんだぞ」

何か色んなことがあったせいで忘れてたけど、腹ぺこだったんだよな。

そもそも、俺はメシを買いに外出したんだよ。

「悪いな、気を遣《つか》わせて」

「好きなのてきとうに――あーっ！　サンドイッチ潰《つぶ》れてる……」

手にしていたビニール袋《ぶくろ》の中を見ると、おにぎりやサンドイッチが見事に変形していた。きっと、早足で歩いているうちに体にぶつかって潰れてしまったのだろう。

「あーあ……」

「味に変わりはないんだから、問題ない。それより――」

「ん？」

「ただいまのキスがまだだ」

「ちょっ…何云って……うわ、わ……」

やんわりと引き寄せられた腰《こし》が尚之に密着する。できるだけ離《はな》れようと逸《そ》らした上体は失敗だった。

この体勢って、かなりキスしやすくないか!?

つーか、『行ってきますのキス』とか『ただいまのキス』って、お前何人《なにじん》だよ!?

「あのさっ、つき合ってるふりしてくれんのはありがたいけど、こういうことまでしなくてもよくないか？」

好きにさせるって契約《けいやく》だからエッチ中にキスすんのは仕方ないとしても、それ以外のときって必要なくないか？

「まあ、そうだな」

すんなりと頷《うなず》かれ拍子抜《ひょうしぬ》けはしたが、ほっとする。わかってくれればいいんだ、わかってくれれば。

「だったらさ、な？」

「それとこれとは関係ない。俺がしたいからするだけだ」

「そんなっ!? 待っ…んぅ…っ」

結局、試みた説得は功を奏さず、問答無用で口を塞《ふさ》がれる。尚之の胸を押し返す手も、唇《くちびる》を啄《ついば》まれているうちに力が抜けていってしまった。

昨日からキスばっかしてきやがって、こいつキス魔《ま》なのか？

それとも外見に似合わず、案外こーゆー甘々なことが好きなタイプだったとか？

「……っ…」

――けど、平常心、平常心。

ここで狼狽《うろた》えたら、尚之の思うつぼだ。こんなこと何でもないってところを見せなくちゃ。

そう気合いを入れるけれど、尚之のキスはなかなか終わらない。

「ん…んん……」

行ってきますのときより長い気がするんだけど……。

やべ……これ以上してたら、くる……。

尚之の巧《たく》みなテクニックは動揺《どうよう》すまいと意気込む俺の体をゆっくりと溶《と》かしていく。

散々に舐《な》められたあと絡《から》め取られた舌先を強く吸い上げられたとき、ずくん、と腰の奥が疼《うず》いた。

「ぁん……ふ……っ」

四肢《しし》がざわりとわなないた瞬間《しゅんかん》、足の間に膝《ひざ》を押し込まれる。腰を引き寄せられているせいで俺は、尚之の太股《ふともも》の上に乗り上げているような体勢になってしまった。

もう逃《に》げないと判断されたのか、唇を合わせる角度を変えられ、執拗《しつよう》に口の中を掻《か》き回される。

「んんっ、ん、んぁ…っ」

ちくしょう……何でこんな気持ちいいんだよ…っ。

他《ほか》のことが全部どうでもよくなるくらい、いいんだよな、こいつのキス。

俺はもうこの快楽に抗《あらが》うことを諦《あきら》め、その代わりにじっくり味わうことにした。やめろって云ってもやめないなら、こっちだって楽しまなくちゃ損だ。

「んっ…なお……んん…っ」

胸に添《そ》えていただけだった手を滑《すべ》らせ、するりと尚之の首に巻きつける。

掻き抱《いだ》くように尚之の頭を引き寄せ、口づけを深くすると口腔《こうこう》で蠢《うごめ》く舌の動きはより一層淫《みだ》らになった。

「風呂《ふろ》、お湯抜いてきちゃったけど」

「ああ」

ようやく食事と入浴を終えた俺は、ぺたぺたと素足《すあし》で尚之の部屋に顔を出す。尚之は肩《かた》にタオルをかけたさっきのままの格好で、パソコンに向かっていた。

「何してんの？」

「紗英にメールの返信」

「えっ、紗英ちゃんとメールなんかしてるんだ！」

そういえば、尚之は妹の紗英ちゃんのことは物凄《ものすご》い可愛《かわい》がってたっけ。俺のこともお兄ちゃんってなついてくれて嬉《うれ》しかったな、そういえば……。

もう何年も会ってないけど、どうしているだろう？　おばさんも美人だし、さぞかし可愛く育っているに違《ちが》いない。

「電話は金がかかるし、時差があるからな」

「へえ…。で、何書いたんだ？」

「お前に教えることじゃない」

「けち。別に知りたいわけじゃないからいいけどさっ。俺、先に寝《ね》るわ」

そう云ってから、俺は自分の寝る場所がないことに気がついた。ベッドはこの尚之のものしかない。

客用の敷《し》き布《ぶ》団《とん》とかもないのかな。別に俺はリビングのソファーでも全然いいんだけど。

「どこに行くつもりだ？」

「リビングのソファーで寝ようかと思って。毛布くらい余ってない？」

いくらなんでも、そのくらいの予備はあるだろうと思って訊《たず》ねたけれど、尚之は怪《け》訝《げん》な顔をするばかりだった。

「そのベッドを使えばいいだろう」

「でもこれ、尚之のじゃん。お前はどうすんだよ」

さすがに家主をソファーで眠《ねむ》らせるわけにはいかない。いまが夏ならともかく、こんな寒い時期にこんなうすらデカいやつがソファーで寝たら風邪《かぜ》を引いてしまう。

「バカか。一緒《いっしょ》に寝るんだよ」

「あ…ッ」

そ、そっか……そうだよな……。

一緒に寝ないと、あの『俺を好きにさせる』っていう取り引きの意味がなくなるもんな。

ということは、これから昨日みたいなことを――。

「彬？」

「うわッ⁉」

「何、驚《おどろ》いてるんだ？」

「ちょ、ちょっと考えごとしてて……」

意識しないようにと自分に云《い》い聞かせるけれど、あれやこれやと詳細《しょうさい》に思い出してしまい、悶々《もんもん》としてしまう。

キスはだいぶ慣れたけど、エッチのほうは平然と受け入れるにはまだまだ道のりが遠そうだ。

「俺も寝るから、早く布団に入れ」

「う、うん…」

うわ…緊張《きんちょう》してきた……。

昨日は何をどうするのかわかっていなかったから漠然《ばくぜん》とした緊張だけだったけど、今日はどうも勝手が違う。

また、口であういうことしてきたりすんのかな……。できるなら、あれだけは勘弁《かんべん》して欲しい。凄い気持ちよかったけど、あの恥《は》ずかしさといったら洒落《しゃれ》にならない。

尚之も、よくあんなことできるよな。汚《きたな》いとか思わないんだろうか？

――待てよ？

もしかしたら、今度はあれを俺にしろと云ってくるかもしれない。

「………」

絶対無理！　俺にはできない!!

だいたい、あんなデカいのが俺の口に入るわけないって!!

……尚之がどうしてもっていうんなら、ちょっと舐めるくらいはできる…かもしれないけど。

う…うん。されるのとするのとどっちがいいかっていうなら、するほうがいい気がする。

……って、べ…別に期待してるわけじゃないぞ!?

積極的にしたいわけでもないし…っ。

ただ、あの抱《だ》き合う感触《かんしょく》が忘れられないというだけで──。

布団に入り、身を固くしていると部屋の明かりが落とされた。ベッドサイドのスタンドだけが煌々《こうこう》と光っているのが、妙《みょう》に生々しい感じがする。

「……っ」

俺がベッドの端《はし》の壁際《かべぎわ》に身を寄せていると、尚之が布団の端を捲《めく》って中に入ってくる。

「もっとこっちに来い」

「こ…このくらい？」

「もっとだ」

「わ…っ!?」

力強く抱き寄せられ、その腕《うで》の中にすっぽりと包み込まれてしまった。顔を押しつけられる胸からは石鹸《せっけん》の匂《にお》いがする。

どこから手をつけられるのかと身構えるけれど、尚之はそれ以上何もしてこない。

いったい、どういうつもりなのだろう？

俺の緊張が解けるのを待ってるとか？

じっと、尚之が行動を起こすのを待っていたが、いつまで経《た》ってもその気配がない。

待ちきれなくなった俺はおずおずと訊ねてみた。

「……なあ、やらないのか？」

「今日はまだ体が辛《つら》いだろう？　無理をさせるつもりはない」

「そりゃ、どうも……」

まさか、気遣《きづか》ってくれていたとは。

朝は腰《こし》とかがそれなりに辛かったけど、いまはもう平気だ。一応、『好きにさせる』というのを取り引き材料に契約《けいやく》している身としては、何だか申し訳ない気がする。

「お前がどうしてもして欲しいというなら考えなくもないが」

「俺がしたいわけじゃねーよっ！　ただ、お前のほうはどうなのかなって……」

もしも、セックスというものがあんなにこっ恥ずかしいことだと認識《にんしき》できていたら、尚之に抱いてくれなんて云ったかどうかわからない。

俺は昨日、知識と実体験は全然違うものだと、身を以《もっ》て思い知らされた。

「俺か？　そうだな。今日はこれだけでいい」

「……っ」

おでこに触《ふ》れた柔《やわ》らかな感触に驚いたあと、じわじわと顔が熱くなってくる。

お前……おでこにちゅーって、エッチよりよっぽど恥ずかしいぞ!?

どこの高校生が、そんな気障《きざ》ったらしいことするんだよ!!

文句を云いたかったけれど、俺の口はぱくぱくと動くばかりで肝心《かんじん》の言葉が出てこない。そうこうしているうちに、尚之の寝息が聞こえてくる。

「ほんと、寝つきのいいやつ……」

何だか笑えてきてしまって、強張《こわば》っていた俺の体も自然と緩《ゆる》んできた。

人肌《ひとはだ》に包み込まれる心地《ここち》よさに身を任せ、俺もやがて眠りの中へと落ちていった。

3

枕《まくら》に半分顔を埋《うず》めて眠っていた俺は、鼻先を掠《かす》めたコーヒーの香《かお》りに、思わず呟《つぶや》きを零《こぼ》した。

「お腹空《なかす》いた……」

毎朝の食事はお味噌汁《みそしる》に卵焼きに白いご飯。いつも、お手伝いのゆきえさんが用意して待っていてくれるのだ。

俺は毎回五分だけ寝坊《ねぼう》して、それから気合いで一人で起きる。

中学生の頃《ころ》までは古城が起こしてくれていたけれど、高等部に上がったときに『もう一人で起きられるようになりましょうね』と云って、朝はウチに顔を出さなくなった。

別に一人で起きられなかったわけじゃない。古城が俺の部屋まで来て、起こしてくれることが嬉《うれ》しくていつもいつも寝たふりをしていただけなのだ。

俺としてもいい歳《とし》になってまで起こしてもらわなくちゃ朝起きられないって思われてるのは情けない気がして、その古城の言葉に渋々《しぶしぶ》と頷《うなず》くしかなかった。

つらつらとそんなことを考えていると、何かが焼けるいい匂いまでしてきた。

ぐう、と正直に鳴るお腹に催促《さいそく》された俺はむくりと起き上がった。

「あ……尚之んちだったんだっけ……」

よく考えたら、ウチでは朝、コーヒーの香りはしない。ゆきえさんが淹《い》れてくれるのは、もっぱら日本茶だ。

のっそりと布団《ふとん》から抜《ぬ》け出し、寝惚《ねぼ》け眼《まなこ》を擦《こす》りながら尚之の部屋から顔を出すと、すでに制服を着た尚之がそこにいた。

コーヒーのサーバーを手にした尚之の立ち姿には、寸分の隙《すき》もない。

見慣れたウチの学校の制服だというのに、尚之が着るとまるで別物みたいにカッコよく見える。中学から始めた弓道《きゅうどう》のせいで姿勢がいいこともあるだろうけど、何か雰囲気《ふんいき》からして違うのだ。

「おはよう、彬。そろそろ起こしに行こうと思ってたんだ」

「おはよう……」

「朝飯食うんだろ。コーヒー淹れとくから、顔洗ってこい」

「うん…」

きびきびと指示され、寝起きで思考も動きも鈍《にぶ》くなっている俺は、のろのろと頷いた。しかし、次の言葉に一気に覚醒《かくせい》する。

「洗顔用のタオルは棚《たな》のを使っていい。シェーバーは……お前は必要ないか」

「余計なお世話だッ」

どうせ俺はまだ、まともに髭《ひげ》も生えてないよっ！

人が気にしてることを指摘《してき》しやがって……。お陰《かげ》で目は覚めたけど、朝っぱらから嫌味《いやみ》なやつだな!!

尚之の言にムカムカとしながら洗面所に行き、ばしゃばしゃと顔を洗う。水の滴《したた》る顔を上げ、鏡に映る自分の姿をまじまじと見つめた。

「……うーん」

……やっぱり、どこにも生えてないよなぁ。

顔の角度を変えながら顎《あご》の下などを確認してみたけど、何もない。よくよく見るとうっすらと産毛《うぶげ》が生えているけれど、髭と呼ぶには到底及《とうていおよ》ばないような代物《しろもの》だ。

まあ、この顔に髭が似合うかっていったらお世辞にもイエスと云《い》えないからいいんだけどさ。でも、俺って根本的に男性ホルモン足りてないんじゃないのか?

尚之も別段濃《こ》いほうではないし毎日手入れをする必要はないみたいだけど、俺みたいに皆無《かいむ》ってどうなんだろう……。

「手入れがなくて楽だからいいけど」

そんな負け惜《お》しみを独りごちて、洗面台のカップにさしてある歯ブラシに手を伸《の》ばす。

色違《いろちが》いの歯ブラシが二つ並んでるって、同棲《どうせい》してるみたいだよな。それか、新婚《しんこん》。

母さんの実家は無駄《むだ》にデカくて、俺が使ってた洗面台は俺専用みたいなもんだったし、いまも部屋にシャワーブースと洗面台とトイレがついてるから、自分のもの以外がそこに存在することはない。

……何かヘンな感じ。

でもそれが嫌なわけじゃない。むしろ、新鮮《しんせん》で楽しいとさえ感じてしまう。

「やっぱ、ヘンかな」

俺は独りごちながら自分の使っているほうを手に取り、尚之の歯磨《はみが》き粉《こ》を載《の》せて口の中に突《つ》っ込んだ。

普段《ふだん》使っているものよりミントの強いその味は、口の中が涼《すず》しくなるような気がする。

しゃこしゃこと歯を磨いてからリビングに戻《もど》ると、テーブルにはベーコンエッグとトーストとコーヒーが並べられていた。

「これ、お前作ったのか？」

「他《ほか》に誰《だれ》がいる。いつもはコーヒーだけなんだが、お前は朝飯食わないと昼前にへたばるだろう？」

ということは、わざわざ俺のためにいつもよりも早起きして作ってくれたということだろうか。尚之の優《やさ》しさがこそばゆくて、俺はつい混ぜっ返すようなことを云ってしまう。

「お前、料理できたんだな」

「ドイツに行く前、母さんがこれだけは覚えろって教えていったんだよ。あとはゆで卵くらいしかできん」

「へえー。やっぱ、おばさんはお前のこと残して行きたくなかったんじゃないのか？」

尚之のおばさんは、高校生の息子《むすこ》を一人暮らしさせることにすんなり納得《なっとく》するようなタイプには思えない。

運動会などでは日も明ける前から場所取りをして、気合いを入れてビデオを回すような人だ。ウチは古城が来てくれたけど、昔はあいつも学校があったから平日の行事のときは尚之のおばさんが色々してくれたっけ。

「何度も説得はされたな」

「それでも、日本に残ったのはどうしてなんだ？」

俺の知ってる尚之は、親の云いつけに背《そむ》くなんて考えられないやつだった。それが断固抵抗《ていこう》して日本に残ったことは、やっぱり腑《ふ》に落ちない。

昨日は言葉を濁《にご》されたから、あんまり云いたくないことなのかもしれないとは思ったけど、俺は訊《き》かずにはいられなかった。

「……未練があったからだ」

「未練？」

高校生の口から出てくるにはやや重苦しい単語に、俺はぱちぱちと瞬《まばた》きをする。

いったい、尚之は何に対してそんなに未練なんかがあるんだろう？

「いいから早くメシを食え。学校に遅刻《ちこく》するぞ」

「あっ！　やべ、もうこんな時間じゃん！」

壁《かべ》にかかっている時計を見ると、思っていた以上に時間が差し迫《せま》っていた。

「ちゃんと噛《か》んで食べろ。焦《あせ》ると喉《のど》に詰《つ》まるぞ」

「わーったよ。何かお前、古城みたいだな……」

世話焼きなところを評してそう云ったのに、何故《なぜ》か尚之は眉間《みけん》に皺《しわ》を刻み黙《だま》り込む。

何かいま、空気が重くならなかったか？

「………」

「……俺、何かヘンなこと云ったか？」

「いや。制服は俺の部屋にかけてあるから、食べたら着替《きが》えてこい」

「うん？」

微妙《びみょう》に尚之の態度がまた硬《かた》くなった気がする。昨日からの一日で、だいぶ前みたいに戻ったと思ったのに……。

俺の云い方が悪かったんだろうか？

考えかけたそのとき、再び壁の時計が目に入る。

いまはぼんやりしてる場合じゃない。俺は急いで皿を空にし、いつの間にかミルクを足されて甘いカフェオレになっていたコーヒーを一気に飲み干した。

尚之の部屋で着替えをすませてリビングに戻ると、尚之はすでにそこにはおらず、玄関《げんかん》で俺のことを待っていた。

「行くぞ」

そう云うと、俺の鞄《かばん》も一緒《いっしょ》に持って外に行ってしまう。

「わーっ、待ってよ！」

焦ると上手《うま》く靴《くつ》が履《は》けない。土曜日のまんまの鞄を手に、革靴《かわぐつ》をつっかけるようにして外に出た俺は、カッコ悪いことにその場でよろめいてしまった。

「うわ…っ」

ぐらりと前に傾《かし》いだ体は、玄関の外で待っていた尚之にしっかりと抱《だ》き留められる。

「ご、ごめん…」

「待ってるからちゃんと靴を履け」

また助けてもらってしまった。何かもう、昔の面目丸潰《めんぼくまるつぶ》れってくらいの勢いで迷惑《めいわく》かけてないか、俺？

トントンと爪先《つまさき》を床《ゆか》でたたき、踵《かかと》を中に押し込んで顔を上げると、尚之の手がすっと首の辺りに伸びてきた。

詰め襟《えり》のホックを留め、羽織っただけだったダッフルコートも整えてくれる。

「あ…ありがと……」

「忘れ物はないな」

「うん。っつか、鞄そのままだし」

家には一度帰ったけど、そのままの出《い》で立ちで出てきてしまったし、中身を入れ替える余裕《よゆう》なんてなかったから、中に入ってるノートは土曜日のままだ。

「教科書は大丈夫《だいじょうぶ》なのか？」

「だって、全部ロッカー置きっぱなしだもん」

心配する尚之にけろりと答える。全教科、学校に揃《そろ》ってるから忘れ物の心配はない。

すると、尚之は脱力《だつりょく》したかのように深いため息をついた。

「……たまには持ち帰って読め」

「宿題があるときは持って帰ってるよ。俺のことより、早く行かないと遅刻すんじゃねーの？」

「そうだな」

俺を諭《さと》すことを諦《あきら》めたのか、尚之は無言で先を行く。

二人で駅までの道のりを歩き、隣同士《となりどうし》の改札を抜《ぬ》ける——これは二年前までは当たり前だった日常だった。

ただ違うのは、以前はもっと賑《にぎ》やかな会話を交《か》わしながらということくらい。まるで、昔に戻ったようで嬉《うれ》しいような、それでいてどこか気まずいような複雑な気分だった。

「……いつも何両目に乗ってんの？」

駅のホームに続く階段を上りながら、何気なく訊《たず》ねてみる。このくらいなら、世間話の範《はん》疇《ちゅう》だろう。

「一番後ろだ。階段傍《そば》よりは比較的《ひかくてき》空いている」

「そっか……」

中等部に通っていた頃《ころ》、二人で乗るのは一番前だった。

宿題の答え合わせをしながら列に並び、次の駅で本格的に混み出す前に角のスペースを確保する。それは初等部に上がり、親の送り迎《むか》えがなくなって自分たちだけで登校するようになってからずっと続いていた決まりだった。

尚之に避《さ》けられ始めた頃、最初に切り出されたのは、『これからは朝迎えに行けない』という宣言だったと思う。

部活が忙《いそが》しくなるから一人で登校してくれと云《い》われたとき、初めは駄々《だだ》を捏《こ》ねた俺も最後は頑《かたく》なな尚之に降参するしかなかった。そうして、尚之は部活での友達を優先するようになり、俺から離《はな》れていったのだ。

「彬、電車来たぞ」

「へ？　あ、ほんとだ」

気づくと各停が目の前に停《と》まっており、降りる人を通すため、並んでいた列が左右に割れている。ぼんやりとしていた俺は一人、その真ん中に立ち尽《つ》くしていた。

尚之に腕《うで》を引っ張られ人の波をやり過ごしたあと、エスコートされるように電車に乗り込んだ。

「まだ寝惚《ねぼ》けてるのか？」

「そうかも、あはは……」

まさか、尚之と一緒に登校できなくなったときの気持ちを思い出してヘコんでたなんて云えるわけもなく、俺は笑って誤魔化《ごまか》した。

「そういやお前、朝練は？」

「道場はいまの時間、中等部が使ってる。高等部が使えるのは放課後だ」

「あ、そうなんだ」

だったら、一緒に登校もできんじゃん。

あ…でも、それでも俺のことを避け続けてたってことは、やっぱりそれほどまでに俺のことを疎《うと》ましく思ってたってことだよな？

こうやって昔のように接してくれるのは、俺が尚之の家に厄介《やっかい》になってる間――つまり、取り引きをしている間のこと……。

「…………」

「…………」

何とも云えない空気を引き摺《ず》ったまま、電車は降車駅に着いてしまった。いつもよりも二本も遅《おそ》い電車で来たため、ちらほら見かける生徒たちも遅刻ギリギリのためか足早に道を急いでいる。

俺も今日は尚之の歩幅《ほはば》に合わせて歩いたせいもあって、校舎に着いた頃には、すっかり息が切れてしまっていた。

「俺の教室あっちだから」

そういえば俺、尚之とは中二でクラスが変わってから、一度も同じクラスになったことがないな。教室も、第二校舎と第一校舎で分かれているから、会うことも稀《まれ》だし……。

「彬」

「何?」

じっと物云いたげに見つめられ、ドキリと心臓が高鳴る。

な、何なんだよその目! そんな目で見られたら、こっちは落ち着かないっつーの!!

……あ、そういえば『おはよう』のキスも『行ってきます』のキスもしてなかったっけ?

もしかして、それを訴《うった》えてるわけ? でも、さすがに学校でそれをするのはまずいだろう!

「……っ」

伸《の》びてきた手に、びくりと体を竦《すく》めて目を瞑《つぶ》る。しかし、尚之は俺の髪《かみ》に触《ふ》れただけでそれ以上のことは何もしてこなかった。

「ゴミがついてた」

キスされるのかと思って身構えた俺は、尚之の言葉に拍子抜《ひょうしぬ》けする。そして、俺は急に自分が恥《は》ずかしくなった。

学校の、それも公衆の面前で尚之がキスなんてするわけないよな。きっと、そんなこと考えてたなんて尚之にバレたら、呆《あき》れるか笑われるかされるに決まってる。

次第《しだい》に赤くなっていく頬《ほお》を自覚して、俺は顔を上げることができない。だけど、そうやって校舎の入り口で立ち尽くしているうちに、ホームルームの予鈴《よれい》が校舎に鳴り響《ひび》いた。

「俺の教室はすぐそこだが、お前は急いだほうがいいんじゃないのか？」

「あっ、うん。そ、それじゃ…」

ギクシャクと手足を動かし、渡《わた》り廊下《ろうか》のある方向へと足を向ける。背中に尚之の視線を感じたけれど、緊張《きんちょう》してしまい振《ふ》り返ることすらできない。

何とか教室に辿《たど》り着いたときには、すっかり俺は疲《つか》れきっていた。

「っはよー」

「おはよ……」

俺が自分の席に着くと、前に座っていたクラスメイトの石川《いしかわ》が振り返って声をかけてくる。

「黒川、珍《めずら》しく今日遅いじゃん」

「ん？　あ、ちょっと寝坊《ねぼう》しちゃって……」

俺は高等部に入ってこの二年、無遅刻《むちこく》無欠席を誇《ほこ》っている。別段、生真面目《きまじめ》な性格というわけではなく、ただ健康だってだけだけど。でも、ここまでくると三年間皆勤《かいきん》賞を目指したくなる。

「なあなあ。お前、一組の梶浦と仲よかったっけ?」

「は…?」

突然《とつぜん》声をかけてきたのは、あまり話したこともないクラスメイトだった。

つーか、何故《なぜ》いきなりそんなことを訊ねられなければならないんだ?

俺は怪訝《けげん》な顔をして、近づいてきたそいつの顔を見上げる。

「昔、つき合ってたって噂《うわさ》、ホントだったわけ?」

「はあ!? 誰《だれ》があいつと…っ」

土曜日に三年から云われたのと同じ内容を問われ、俺は瞠目《どうもく》した。いったい、どこからそんな噂が流れてるんだ!?

「でも、今日は一緒《いっしょ》に来てただろ?」

「それは——」

正直に、尚之の家に厄介になっているからだと云えば、誤解はますます深まってしまうかもしれない。

「う…」

どう云えば無難に収まるだろうと答えあぐねていると、石川が口を挟《はさ》んできた。

「そういや、二人とも幼稚《ようち》部からだっけ？　昔はよく連《つる》んでたよな」

石川は初等部からこの学園に在籍《ざいせき》している。中等部まではクラスが同じになったことがなかったからあまり接点がなかったけれど、高等部に上がり同じクラスになってからはよく話すようになり、親しくなったのだ。

俺は石川の云ってくれた言葉に飛びつき、それを云い訳にする。

「そうそう！　行きにたまたま駅で会ってさ。久しぶり〜って」

「久しぶりって、お前ら縁《えん》切れてたわけ？」

「いや、ほら、あいつが部活始めてから、あっちはあっちのつき合いができたしさ。それで何となく……」

「ああ、わかるわかる。小学校とか同じでも、クラスとか部活が変わると疎遠《そえん》になったりするよな」

「なーんだ」

興味津々《しんしん》だったそいつは、いまの説明で納得《なっとく》してくれたらしい。

「じゃあ、あの噂ってガセなんだ？　誰かが邪推《じゃすい》したんかな」

「そうなんじゃねーの？」

それきり、そいつは噂から興味を失ったように、今日ある小テストの話題を持ち出してくる。

その様子に、俺は内心で胸を撫《な》で下ろした。

そうして、お互《たが》いに何のテスト対策も取っていないことを確認《かくにん》し合って、なんとなく安心感を得ていると、担任の教師が数分遅《おく》れでやってきた。

「ほら、席に着け！」

「はーい、じゃあな」

「ああ」

教師の声に反応し、生徒たちはバラバラと自分の席に戻《もど》っていく。

いつもの風景だ。

ホームルームは恙《つつが》なく終わり、一限目の授業が始まる。一応は真面目に教科書とノートを開いていたけれど、授業開始から五分と経《た》たずに眠気《ねむけ》が押し寄せてきてしまう。

ねみー……。

昨日は早く寝《ね》たから睡眠《すいみん》は足りてるはずなのに、授業中はどうしても眠くなる。

とくに国語、その中でもこの古文の授業がダメだ。教師ののんびりとした語り口が、睡魔《すいま》を誘《さそ》ってくる。

この窓際《まどぎわ》ってのも眠くなる要因の一つだよな。暖房《だんぼう》がしっかりと入った上に、柔《やわ》らかな日差しとくれば、眠るしかないじゃないか。

だけど、古文の教師はその口調とは反対に、授業に臨《のぞ》む態度に対しては厳しい。船を漕《こ》いでるくらいなら見逃《みのが》してくれるけれど、突《つ》っ伏《ぷ》してしまうと扇子《せんす》でぴしりとやられてしまうのだ。

俺は眠ってしまわないように気を紛《まぎ》らわそうと、外に視線を向けた。

グラウンドではどこかのクラスが体育をやっている。

「ふぁ……」

この寒い中、外でサッカーの授業だなんてご苦労なこった……。先生もせめて体育館での授業にしてやればいいのに。

無駄《むだ》に熱血な教師の道連れとなってしまった生徒たちに同情しながら、その様子をぼんやりと見ていると紅白戦が始まった。

「あ」

尚之がいる。

あの存在感は、間違《まちが》いなく尚之だ。学校指定のダサいジャージでも、尚之が着るとどこか違って見える。

やがて始まった試合の中で、尚之は一人でボールを支配していた。

あ、ボール取り合ってんのってサッカー部のやつじゃなかったっけ?

尚之はサッカー部のやつに一度ボールを奪《うば》われたけれど、再び奪い返し、相手のゴールを狙《ねら》って走る。そして長い足を惜《お》しげもなく使い、キーパーの隙《すき》をついてゴールを決めた。

よしっ!!

見ていただけの俺も嬉《うれ》しくなって、つい机の下で拳《こぶし》を握《にぎ》りしめてしまう。

ちくしょう、やっぱあいつカッコいいよなぁ……。

尚之があんなふうに才能を発揮し出したのは、確か中等部に上がってからだったと思う。

初等部の頃《ころ》は運動ができるやつが目立つという環境《かんきょう》だったけれど、中学受験で外部生が入ってくる中等部からは、勉強ができるやつが注目されるようになった。

元々、こつこつと勉強するタイプだったため、成績もずっと上位をキープしていた尚之の注目度はその頃から上がっていき、ついには、生徒だけでなく教師も尚之に一目置くようになったのだ。その上、どんどん体格もよくなっていき、懸念《けねん》していた運動神経もめきめき発達していった。

俺はそんな尚之が自分の親友だってことが嬉しかったのに……。

あ、やべ。またヘコんできた。いい加減、昔のことを引き摺《ず》るのはやめたいんだけどなぁ…。

もしかしたら、『優等生』になっちゃった尚之は、ヤクザまがいのことを家業にしている父親を持った俺と一緒にいるのが嫌《いや》だったのかもな。成績だって生活態度だって、元から俺はいいわけじゃなかったし。

いまはきっと、昔のよしみでなんとなく同情してくれてるだけに違いない……。

「次、黒川」

「…………」

「黒川！」

「へ？　は、はいっ」

強い調子で名前を呼ばれ、俺は反射的に立ち上がってしまった。ガタンと鳴った椅子《いす》の音が、静まり返った教室にやけに大きく響《ひび》く。

恐《おそ》る恐る教師のほうを見てみると、案の定怖《こわ》い顔で俺のことを見据《みす》えていた。

「次のページを読み上げろと云《い》ったんだ。聞こえなかったか？」

「すっ、すいません……！」

サッカーをする尚之に夢中になっていたせいで、いまが古文の授業中だということをすっかり忘れていた。

指示された通り教科書を読み上げようにも、授業がどこまで進んでいたのかさえわからない。

「何をしてる？　読めないのか？」

「えっと……わり、どこまでいった？」

ねちねちと云われる嫌味《いやみ》に肩《かた》を落とし、仕方なしに前の席の石川にこっそりと訊《たず》ねると、それも見咎《みとが》められて怒《おこ》られてしまった。

「バカもん！　八十七ページの冒頭《ぼうとう》からだ。余所見《よそみ》してないでちゃんと聞いてろ」

「す、すいません……」

結局、しどろもどろに読み上げたあとも教師の機嫌《きげん》が直ることはなく、俺はその時間ずっとその場に立たされ続けることになったのだった……。


「もう…今日は何か疲《つか》れた……」

ようやく訪《おとず》れた昼休み、俺はぐったりと机に突っ伏した。一限の古文からあの調子で、数学の小テストもほとんどできずに宿題をたっぷり出され、英語では発音の悪さを指摘《してき》され……。

ダメな日はとことんダメだ。皆勤賞《かいきん》なんてどうでもいいから、今日はいますぐ帰ってしまいたい。

——でも、帰るってどこに？

まだ家には帰りたくないし、尚之んちに行くにしたって、早退して家主よりも先に家に帰り着くってどうなんだ？

「なーに、ヘタれてんだよ」

見かねた石川が声を掛《か》けてくる。

「いや、もう疲れたなーって……」

「午後の二時間終わったら帰れるんだから頑張《がんば》れよ。弁当食ったら元気出るって」

「そうだな。腹減ってるから調子出ないんだよな」

メシさえ食えば、あと二時間くらいどうってことないはずだ。

そう思っていつものように鞄《かばん》を開けた俺は、目的のものを見つけられず眉《まゆ》を寄せる。

「……あれ？」

「どしたよ？」

先に弁当を広げていた石川が、俺の様子に首を傾《かし》げた。

「弁当がないなーと思ったんだけど、今日は作ってもらってなかったんだった」

昼飯のことをすっかり失念していたけれど、今日は尚之の家から来たのだから当然だ。

きっと、もっと早く家を出れていればコンビニに寄ることを考えられただろうけれど、遅刻《ちこく》ギリギリだったせいでそこまで考えが及《およ》ばなかった。

「マジかよ？　いまから購買《こうばい》行ってもろくなもん残ってねえんじゃねえ？」

「だよな……。悪ぃ。俺、学食行ってくるわ」

混み合う学食はあんまり使ったことがないけど、背に腹は代えられない。

石川に断りを入れ、俺は教室を出た――の、だが……。

「どこ行くんだ？」

「うわっ、尚…梶浦!?　何でこんなとこにいるんだよ!?」

やば…思わず名前で呼ぶところだった…。一昨日《おととい》からうっかり名前で呼んでいたせいで、なんだか名字で呼ぶとぎこちない気がするけど。

「学食行くんだろう？」

「え？　まさか、迎《むか》えに来てくれたわけ!?」

「迷惑《めいわく》だったか？」

「やっ、そういうわけじゃないんだけど……」

今更《いまさら》校内で仲よくするのも、気恥《きは》ずかしいっていうか……。

それに、急に一緒《いっしょ》に行動なんかすると、また妙《みょう》な噂《うわさ》を立てられるんじゃないか？

「なら、行くぞ。早くしないと定食が売り切れる」

「マジで!?」

そっちのほうが、俺には大問題。

売り切れるという言葉に危機感を煽《あお》り立てられた俺は、抱《かか》えていた懸念をとりあえず余所に押しやることにした。他人の口さがない噂話についてやきもきするよりも、俺には自分の腹を満たすほうが重要なことだ。

「食券はあるのか？」

「ううん、これから買おうと思って」

忘れてたけど、あれを買う列も凄《すご》いんだよな。

うちの学校は基本的に弁当を持参するよう云われている。学食はどうしても弁当を持ってこれない生徒や職員のために作られたので、全校生徒の人数に比べて席数が格段に少ないのだ。

そのくせ、手頃《てごろ》な値段とある程度の味のせいで、毎日人が集まっている。

「券売機に並ぶだけでも時間食うから、これ使え」

「え？　いいの？」

「時間は短縮できたほうがいいだろう？」

「やった、らっきー！　あとで金払《はら》うな」

定食用の食券を尚之にもらった腹ぺこの俺は、それを手放しで喜んだ。どうやら、毎日学食を利用する尚之は食券を回数券で買っているらしい。確か、一月分まとめて買うとかなりお得になるとか聞いたことがある。

「そういえば、さっき授業で立たされてただろう」

「げっ、見てたのかよ!?」

あんな情けないところを尚之に見られていただなんて、かなりショックだ。

って……まさかこいつ、俺が見蕩《みと》れてたことまで気づいてたりして……。

「グラウンドからお前の教室はよく見えるんだ。ずっと立たされっぱなしだったみたいだが、居眠《いねむ》りでもしてたんだろう」

「んなことしてねえよ！」

「じゃあ、何を怒られてたんだ？」

「それは……ちょっと、ぼんやりしてて……」

お前のこと見てたせいです、なんて云えるわけがない。

颯爽《さっそう》と動き回る尚之を目で追って、ゴールが決まれば机の下でガッツポーズ。

——本当に何をやってたんだ俺は……。

「云えないってことは、やっぱり寝《ね》てたんじゃないか」

「ぐ……」

真実を語るわけにもいかず、俺は押し黙《だま》る。

不名誉《ふめいよ》な誤解だけれど、仕方ないよな。

尚之の云い方からして、俺がこいつに見蕩れていたことは気づかれてない可能性が高いっぽいし。云わない方が恥《はじ》かかなくてすむ。

うん。多分、バレてない。大丈夫《だいじょうぶ》…な、はずだ。

「あっ！　梶浦先輩《せんぱい》！」

「ああ」

「先輩、こんにちは。今日は来るの遅《おそ》かったですね」

「所用があってな」

学食へ行くと、後輩が何人も尚之に挨拶《あいさつ》してきた。寡黙《かもく》で優秀《ゆうしゅう》な尚之は、後輩からとくに慕《した》われているらしい。

こういうところが、三年や同学年のやっかみを買って、妙な噂を立てられたりしてるのか遊んでるという噂もあながち外れてるわけではないようだけどさ。

な？

「おい、こっちだ」

「あ、うん」

尚之は群がってくる後輩をてきとうにあしらうと、俺を呼んで共に列に並ぶ。それだって、代わりに並ぶと申し出て来た後輩がいたけれど、丁重に断っていた。

ホントに人気あんだな、尚之って。

でも、わかる気はする。カッコよくて、勉強ができて、スポーツ万能《ばんのう》で。そんでもって、寡黙で偉《えら》ぶったりしないところは男として憧《あこが》れてしまうのも無理はない。

「どうした？　俺の顔に何かついてるか？」

「ううん、別にっ」

二人で列に並んでいるのに会話が全くないのも何だか気まずい。俺はトレーに手を伸《の》ばしながら、尚之に話しかけた。

「学食って久しぶりだよ。一年の最初のほうに何度か来ただけだもんな」

「そうだな。ここではほとんど見かけなかったな」

「だって、いっつも混んでて、早く食えって云われてるみたいで落ち着かないし、一年のときはよく上の学年に絡《から》まれたりして来るのが面倒《めんどう》になっちゃって」

俺の隣《となり》で食えだの何だの、かなり先輩たちが煩《うるさ》かったのだ。マスコット扱《あつか》いをしたいなら、もっと性格の可愛《かわい》い子を選べばいいのに、って何度思ったことか知れない。

「絡まれ……って何かされたのか？」

「何、怖《こわ》い顔してんだよ？　ちょっとしたセクハラくらいで、大したことされてないって。でも、それも毎回だとウザくってさ」

「――――」

「な、尚之？」

いまのって怖い顔で黙り込むところ？

「え…っと…」

「…………」

微妙《びみょう》な雰囲気《ふんいき》に次の言葉が見つからない。どうしたものかと思案しているうちに、順番はすぐそこまできていた。

「あ、えーと。定食って二種類あるんだっけ？」

「ああ、献立《こんだて》はそこに書いてあるだろ？」

ようやく会話が再開する。

Aが焼き肉定食、Bがエビフライ定食。焼き肉定食もかなり心惹《こころひ》かれるけど、エビフライも捨てがたい。

「う〜ん……A定かB定か……」

「決まらないのか？」

「エビフライ……。でもやっぱAにしよ!!　Aひとつお願いしまーす」

「あいよ」

俺は散々迷った末に、Aの焼き肉定食を選んだ。そんな俺とは対照的に、尚之は迷う素振《そぶ》りも見せない。

「B定一つ」

すぐにカウンターに出てきた皿をトレーに載《の》せ、俺たちはご飯とみそ汁《しる》を受け取ってから食事をするための席を探した。だけど、どの席も生徒たちに埋《う》め尽《つ》くされており、空席かと思った場所は教職員用のテーブルだけ。

「ちょっと待たないとダメみたいだな」

「そうだな」

「先輩！　ここ空きますから、ちょっと待ってて下さい」

待つ態勢に入ろうとした俺たちに、尚之の部活の後輩が声を掛《か》けてきた。

「無理しないでもいいんだぞ？」

「いえ、俺たちはもう終わるところでしたから」

そう云って、慌《あわ》ててご飯をかき込むと、食事を終えた子からトレーを片づけていき、あっという間に一区画が空席になった。

「どうぞ」

「俺までいいの？」

きっと、彼らは尚之の役に立ちたくて仕方なかったのだろう。でも、そこに俺が混じってしまってもいいものだろうか？

「はいっ」

「ありがとうな」

「い、いえ…っ」

俺が礼を云うと、尚之の後輩たちは何故《なぜ》か顔を赤くした。そして、失礼しますと威勢《いせい》よく告げると、慌ただしく走り去ってしまう。

「何急いでるんだろ？」

「余計な愛嬌《あいきょう》は振《ふ》りまくな」

「どういうこと？」

憮然《ぶぜん》として云われた言葉の意味がわからない。

「…自覚なしか」

「？」

「もう、いい。それよりお前、腹減ってるんだろ」

「あっ、うん！」

中途半端《ちゅうとはんぱ》に云われた言葉が気になったけれど空腹には勝てず、俺は空けてもらった席に着く。

「いただきますっ」

エネルギー切れ寸前だったらしく、一度食べ始めると箸《はし》が止まらない。黙々《もくもく》と箸を往復させていると、尚之が自分のエビフライを一つ皿に載せてくれた。

「それ、好きだろ」

「くれんの？」

「それが食いたくてさっき悩《なや》んでたんだろ。冷める前に食え」

「う、うん」

俺の好きなもの、覚えていてくれたんだ……。

もしかして、尚之がB定食を選んだのは俺のため？

自意識過剰《かじょう》なのかもしれないけど、何となくそんな気がするのだ。

「なあ、お前って昼飯はいつも学食なの？」

ここのメニューはどれも美味《おい》しいけど、毎日こんなふうに席を確保するのに苦労するのは面倒じゃないだろうか？

「コンビニでパンを買ってくることはあるが、ほとんどは学食だな。朝、弁当作る暇《ひま》なんてないし、料理は得意じゃない」

「そっか」

今朝も、レパートリーはベーコンエッグとゆで卵だけだって云ってたっけ。洗濯《せんたく》や掃除《そうじ》は自分で何とかこなしているようだけど、男の一人暮らしでは炊事《すいじ》までは手が回らないのかもしれない。

俺に何かできればいいんだけど……。

何か――。

あっ、そっか！

尚之んちにいる間、俺がメシ作ってやればいいんじゃん!!

家じゃ台所に入るのは飲み物を取りに行くときくらいだけど、一度も料理をしたことがないというわけでもない。確か、尚之の好物はカレーだったはず。買ってきたルーを使えば、俺にだってカレーくらい作れるし。今日は帰りにスーパーに寄って行こう。

尚之は部活のはずだから、夕食を用意して待ってたら驚《おどろ》くに違《ちが》いない。

「どうかしたのか？」

「ううん、何でもない」

この完璧《かんぺき》な計画を、尚之に先に知られてしまってはつまらない。

俺は尚之の問いかけに、きっぱりと首を横に振った。

「じゃあ、俺ゴミ捨て行ってくるから後片づけよろしくな」

「わかったー」

俺は外掃除に使った竹箒《たけぼうき》やちりとりを校舎の裏の道具入れに片づけながら、夕飯の仕度《したく》の段取りを頭の中でシミュレーションする。

肉炒《いた》めて、タマネギ炒めて、そのあとにニンジンとかジャガイモとか入れればいいんだよな。あとは何が必要だっけ？

カレーのルーと、それから……ヨーグルトとか入れると美味しくなるんだよな。米くらいはあいつの家にもあるだろう。

まあ、いいや。必要なものはスーパー行けばわかるだろうし、足りなかったら近くのコンビニで買い足せばいい。

尚之が帰ってくるまでには、いくらなんでも作り終わるはずだ。

「あいつに云《い》っておいたほうがいいかなぁ？」

合い鍵《かぎ》を預かっているとは云え、先に帰るって一声かけておいたほうがいいよな。でもあいつ、いまどこにいるんだろう。

掃除の時間も終わったことだし、すぐ部活なら更衣《こうい》室辺りにいるかもしれない。

そう思った俺は、道具入れの横に置いておいた鞄《かばん》を拾い、二年の更衣室へと向かった。

「うわ、混んでんなー……」

この時間は部活前でかち合うから、この混雑も仕方ないんだろうけど、ぎゅうぎゅうになりながら着替《きが》える男たちの図というのはあまり見たいとは思わない……。

中を覗《のぞ》くのが嫌《いや》になった俺は、ちょうど入り口近くにいた初等部のときに同じクラスだったやつに声をかけた。

「なあ、梶浦見なかった？」

「梶浦？　あいつなら、入れ違いで出て行ったけど。もう道場行ってんじゃねえ？」

「わかった、ありがと」

もう、着替えて行っちゃったってことは、あいつ今週は掃除当番じゃなかったのか。

つーか、携帯《けいたい》の番号かメアドを聞いときゃよかったんだよな。そしたら、直接会わなくたって用件を伝えられたのに。

ぶつぶつと呟《つぶや》きながら弓道場に向かうと、タンッと切れのいい音が聞こえてきた。道場の中を覗くとすでに自主練習が始まっていた。

――尚之だ。

「……うわ……」

ピンと姿勢の伸《の》びた凛《りん》とした姿に目を奪《うば》われ、俺は思わずドキドキしてしまう。

すらりとした長身に袴《はかま》姿、鋭《するど》い眼差《まなざ》しは的へと向けられ、その真剣《しんけん》な表情には迷いがない……。

「……つーか、ちょっと待て！」

だから、どうして尚之相手にドキドキなんかしてんだよ!?

ホントに今日の俺は、頭おかしいぞ!?

「……っ」

――やっぱ、先に帰ろう。

いまは声かけられる雰囲気《ふんいき》じゃないし……。尚之だって、部活が終わるまで俺が待ってるなんて思ってないだろう。

だけど踵《きびす》を返した途端《とたん》、俺は弓道着を身に着けた生徒にぶつかってしまった。

「わ！」

「あっ、すいません」

そろそろ部活の始まる時間だし、こんなとこに俺がいたら邪魔《じゃま》だよな。

そう思って退《ど》こうとしたのに、俺は何故か、その中の一人に捕《つか》まってしまった。

「お前、二年の黒川だろ？　何でこんなとこにいるんだ？」

「すいません、ちょっと通りがかっただけで……」

何て答えつつ、通りがかりでこんなところまで来ないだろうと、俺は内心でツッコミを入れてしまう。

「もしかして、入部希望？　ウチはいつでも新入部員歓迎《かんげい》してるけど。黒川なら、手取り足取り教えてやるよ」

「いや、本当にいいです…」

そんなやり取りに、あとから来た他《ほか》の生徒までが口を挟《はさ》んできた。

「おい、何やってんだ？」

「黒川が道場覗いてたから、捕まえてみた」

「ホントだ。やっぱ、近くで見ると可愛《かわい》いなー。何、ウチの部が気になんの？」

「あ…ええと……」

尚之に見つかる前に逃《に》げ出したいという俺の思いはあっさりと裏切られ、取り囲む人数がどんどん増えてしまう。まるで、珍獣《ちんじゅう》を見るような眼差しで、そいつらは俺を見回している。

――こーゆうの、マジで嫌なのに…。

でも、尚之の先輩《せんぱい》に対してケンカを売るわけにもいかないし、かといって、このまま足止めを食《く》らっているわけにもいかない。

どうしよう……と困り果てていると、道場のほうから険しい声が聞こえてきた。

「何してるんですか？」

ほら、気づかれちゃったじゃんか！

こんなことなら余計な気を回さず、さっさと帰っておけばよかった。今更後悔《いまさらこうかい》しても遅《おそ》いけど……。

「いや、黒川が中覗いてたから、入部希望なのかなーと思って……」

二年である尚之のほうが立場は下のはずなのに、三年生たちは明らかに気圧《けお》されている。

それに、本人にその自覚はないのかもしれないけど、尚之の放つオーラは別格だってことは俺にもわかった。

「彬が用があるのは、自分にです」

周囲の反応などお構いなしに、尚之は俺を自分のほうに引き寄せると、突然《とつぜん》そんな事を言い出した。

「な……っ」

「ちょっと出てきます」

「な、尚之!?」

そして、肩《かた》を抱《だ》いたまま、尚之は強引《ごういん》に俺を外に連れて行く。

これじゃまるで、自分のものだから手を出すなと云っているみたいではないか。

あまりに予想外のことで、俺はされるがままになってしまった。

「すぐ戻《もど》ります」

「あ、ああ…」

呆気《あっけ》に取られた三年生たちを残し、尚之は俺を連れてずんずんと進んでいく。

やがて、足を止めたのは人気のない校舎裏だった。ようやく我に返った俺は、肩の尚之の手を振《ふ》り払《はら》い距離《きょり》を取る。

「何なんだよ、こんなところに連れてきて……」

「…………」

俺の問いかけにも、尚之の顔は憮然《ぶぜん》としたままだ。

怒《おこ》ってるのか……？

練習の邪魔して悪かったとは思うけど、いまのは俺ばかりが悪いわけじゃないよな？　ただタイミングが悪かったというか、何というか。

「あ」

今の尚之の行動は、ちょっとまずかったんじゃないか？　そうでなくても、今日一緒《いっしょ》に登校してきたくらいで詮索《せんさく》されたってのに。

「……いまの、ヘンな誤解されたんじゃね？」

「そんなことどうでもいい」

「どうでもいいって…お前なぁ!!」

お前は気にしないかもしんないけど、妙《みょう》な噂《うわさ》を立てられて迷惑《めいわく》すんのはこっちなんだぞ？

そりゃ、古城の前で勝手につき合ってると云ったのは俺のほうだけど、学校でまでそのふりをする必要はないじゃないか。

「それより、俺に用でこんなとこまで来たんだろう？」

「う……」

尚之に会いに来たのは事実だ。だけど、あんな騒《さわ》ぎになってしまった手前、先に帰ると云《い》いに来ただけとは云いづらい。

「お、お前には関係ないだろ」

「俺に会いに来たんじゃないのに、道場まで来たのか？」

その上、弓を引いている尚之にドキドキしてしまって声がかけられなかったなんて、知られるわけにはいかず、俺は突《つ》き放すような言葉しか云えなかった。

「……っ」

弁解できずに押し黙《だま》ると、理解できないと云わんばかりの口調で告げられる。

「何も用がないなら、俺は戻るぞ」

「さっさと行けばいいだろ」

どうして素直《すなお》な言葉が出てこないんだろう？

迷惑かけてごめん。

その言葉が、どうしても喉《のど》から先に出てこない。

尚之の前で意地っ張りになってしまうのは、尚之の気持ちが見えないからだ。昔は隣《となり》にいるだけでお互《たが》いの気持ちがわかったのに、今は尚之の思うことが少しもわからない。

「——そうだ」

突然、足を止めて尚之が振り返った。

「な、何だよ……」

「行ってきますのキスをしてなかったな」

「は？」

何、バカなこと云ってるんだ？

ここ、学校だぞ!?

あ、わかったぞ。俺が素直に謝らないから、困らせてやろうと思って云ってるんだ、きっと。もう、その手には乗らないぞ。こういうときに俺が慌《あわ》てるから、尚之もからかおうとしてくるんだ。

「したいならすれば？」

「ああ、そうしよう」

「え——？」

目の前が陰《かげ》ったかと思うと、間近に尚之の顔があった。驚《おどろ》きに目を見張った瞬間《しゅんかん》、俺の唇《くちびる》は尚之のそれによって塞《ふさ》がれていた。

一瞬、頭の中が真っ白になり、思考回路が停止する。

「……ん……」

……こういうときって、どうすればいいんだっけ？　ぬるりと舌先が忍《しの》び込んできた感触《かんしょく》に、ぞくりと背筋がわななき、俺ははっとなった。

「や……っ」

ドン、と尚之を突き飛ばし、壁際《かべぎわ》へと逃げる。体の中に残る甘い疼《うず》きに気づかないふりをしながら、俺は震《ふる》えてしまいそうになる足に力を込《こ》めた。

「何故《なぜ》逃げる？」

「お前、ここが学校だってわかってんのかよ!?　誰《だれ》かに見られたら――」

「したいならしろと云ったのはお前だろう」

言質《げんち》を取られ、俺はぐっと言葉に詰《つ》まる。

確かにすればいいと云ったのは、この俺だ。だけど……。

「そ、それは、まさかお前が本気だなんて思わなくて…」

俺をからかっているだけだと思ったから云えたことだ。動揺《どうよう》するところを見たいだけだと思い込んでいたから。

俺があんな挑発《ちょうはつ》的なことを云うわけがないだろうが!!　それも学校だぞ、ここは!?

「俺はいつも本気だ」

「……あ……」

鋭《するど》い眼光に射竦《いすく》められ、身動きが取れなくなる。

ゆっくりと近づいてきた尚之から逃げることもできず、俺はぎゅっと目を瞑《つぶ》った。

するりと頬《ほお》を撫《な》でられ、びくんと肩を震わせる。指先は頬を滑《すべ》り、首筋を撫で、そして俺の顎《あご》をそっと持ち上げた。

「……っ」

触《ふ》れる吐《と》息《いき》にますます体を硬《かた》くする。

あの唇が、舌が俺を翻弄《ほんろう》するのかと思うだけで、全身を巡《めぐ》る血液が沸騰《ふっとう》してしまったかのようだ。こんな場所で、と思う気持ちが背徳感を生み、それが羞恥《しゅうち》を更《さら》に煽《あお》り立てる。

ダメだという気持ちと相反するように、俺の体は尚之とのキスの気持ちよさを思い出し、期待に疼きを酷《ひど》くした。

しかし、尚之の唇が触れてくることはなく、代わりに耳元で囁《ささや》かれる。

「続きは帰ってからゆっくりな」

「なっ……」

今度こそ、本当にからかわれたんだ……。

「好きなだけ、気持ちいいことしてやるよ」

「恥《は》ずかしいこと云うなッ！　さっさと部活戻れ!!」

「何を怒ってるんだ？」

「知るか！　俺は先に帰るからな!!」

そう云い放つと、俺は尚之を残してさっさと歩き出した。

むかつくむかつくむかつく!!

何なんだ、あいつは!!

俺をからかうのが、そんなに楽しいのか!?

ちょっとくらい先に大人になったからって、人を子供扱《あつか》いしなくたっていいだろう！

そうやって、怒りで頭の中をいっぱいにしながら歩いていると、聞き覚えのある声に呼び止められた。

「彬さん」

「何だよっ！　俺はいま機嫌《きげん》がわる——古城…!?」

これ以上煩《わずら》わせるなと文句を云おうとした俺は、そこに立っていた人物に目を剝《む》いた。

「何をそんなに苛々《いらいら》してるんですか？　可愛《かわい》い顔が台なしですよ」

飄々《ひょうひょう》と云われる言葉も、いまは俺の気分を逆撫《さかな》でする。

俺は好きでこんな顔に生まれたわけじゃねーよ!!

「うっさいな。何しに来たんだよ」

「連れ戻《もど》しに来たわけではありませんから安心して下さい。着替《きが》えが必要かと思って、お持ちしただけです」

「あ、そう……」

あっさりと云われて、俺は拍子抜《ひょうしぬ》けしてしまう。

なんだ……心配したり嫉妬《しっと》したりして、来てくれたわけじゃないのか……。

「旦那《だんな》様と奥様には、私のところにいると伝えてありますからお戻りになる際はご一報下さい」

「はいはい」

相変わらずの抜かりのなさに、俺はため息をついてしまう。しょせん、古城はお役目が第一なんだよな。

……それも違《ちが》うか。

こいつが一番大事なのは、俺の母さんだもんな。あの人のために、古城は俺の面倒《めんどう》を見てるだけ。

「それとも、本当にウチにいらっしゃいますか？」

「誰が行くか！　俺は当分帰らないからなっ」

今回だけは、古城の云うことなんか聞くもんか。ちゃんと『俺』を見てくれるまで、絶対に帰らないって決めたんだ。

「本当にお帰りにはならないんですか？」

「帰らない」

「いったい、何が理由なんですか？　今回は旦那様とケンカなさったわけでもないんでしょう？」

「んなの、お前が考えろよ！」

原因の張本人に云《い》えるわけがないだろうが!!　お前に失恋《しつれん》したからなんて情けないこと、死んでも口にするもんか。

「……っ」

古城も兄貴も、俺の気持ちは知ってるって云ってた。だったら、古城はどんな気持ちで俺に接しているんだろう？

多分、俺の片想《かたおも》いは子供の気の迷い、ただの麻疹《はしか》みたいなものだと思われている。でも、それじゃあんまりだ。

「無茶云わないで下さい。考えてわかることなら、とっくに手を回してますよ。あなたは私に何がして欲しいんですか？」

「…………」

言葉にして叶《かな》うなら、とっくに云っている。

だけど、それじゃ意味がない。表面だけ取り繕《つくろ》われたって何も嬉《うれ》しくはない。

俺が母さんの身代わりなのは、変えようのない事実なのだから。

「――梶浦くんもいつまでもあなたが家にいたら迷惑《めいわく》なんじゃないですか？　いくら、幼《おさな》馴染《なじ》みと云ってもプライベートに無遠慮《ぶえんりょ》に入り込まれたら鬱陶《うっとう》しく思うかもしれませんし」

「……っ！　あ、あいつとは――」

「彼とつき合っているというのは嘘《うそ》でしょう？」

「なっ…!!」

古城は俺が全《すべ》てを云いきる前に、指摘《してき》してしまう。確信があって古城がそう云ってきているのか、それとも鎌《かま》をかけるつもりで云っているのかはわからない。

でも、どちらにしろ、俺の必死な気持ちも行動も全て本気にはされていないということだ。

「彼があなたのために口裏を合わせてくれただけですよね？」

胸が痛い。苦しくて、切なくて、泣きたい気持ちになる。

「そんなことない…っ」

もしかしたら、俺は古城には何もかもを見抜かれているのかもしれない。それでも俺は、必死に古城の言葉を否定した。

もう引っ込みがつかないところまで来てしまっている以上、今更『嘘でした』と認めるわけにもいかなかった。

「いまのところは騙《だま》されておいてあげますよ」

「だから!!」

「とりあえず、今日は彼の家まで送ります」

涼《すず》しい顔で告げられ、無性《むしょう》に腹が立つ。

何なんだろう、この苛立《いらだ》ちは。こんなふうに相手にしてもらえないことは、いままでだって何回もあったのに、今回ばかりはどうしようもなく悔《くや》しい。

「余計なお世話だ！　俺はこれから寄るところがあるんだよ！」

「それなら、そちらへお連れします。路上駐車《ちゅうしゃ》は迷惑なので、早く乗って下さい」

「おいっ、何すんだよ…っ」

無理矢理、助手席に押し込まれ、勝手にシートベルトをカチリと締《し》められてしまう。降りようとしても、焦《あせ》っているせいでシートベルトの金具が上手《うま》く外れない。

「落ち着いて座っていて下さい。幼稚《ようち》園児《えんじ》じゃないんですから」

「ガキ扱いすんな…っ」

吠《ほ》えた途端《とたん》、車が発進した。

しまったと思ったときにはもう遅《おそ》い。いくらスピードが出ていないとは云え、走行中に飛び降りるわけにもいかないし……。

「それで、どちらに行きたいんですか？」

「スーパー」

「は？」

「スーパーマーケット。五丁目にあるやつ」

「……何を買いに？」

古城は俺の答えに怪訝《けげん》な顔をした。

きっと、俺の口からそんな場所が出てくるとは思いもしなかったのだろう。何せ俺は、家では食器の上げ下げもしないのだ。

「何って、食い物に決まってんだろ」

「食事にお困りでしたら、あとでお届けに上がりますが？」

何なんだ、その哀《あわ》れみを込《こ》めた目は。そりゃ、男二人で豪華《ごうか》な食事なんかできるわけないけど、お前に同情されなきゃいけないような状況《じょうきょう》じゃねーよ。

それにこれは俺の問題なんだ。

「そーゆーんじゃダメなの！　古城は口出すなよっ、俺が作るんだから!!」

「あなたが……？」

「んだよっ、その云い方!!　前にお前にも作ってやっただろ？」

中学生のとき、調理実習で教えてもらったばかりのメニューを古城に作ってやったことがある。

そんとき、美味《うま》いって云って食ってたのはどこの誰《だれ》だよ!!

「ああ、カレーなら何とかなるかもしれませんね」

「失礼なこと云うなッ！　お前も美味いっつって食っただろ!?」

「あなたが一生懸命《けんめい》作ってくれたからそう云ったまでです」

「……何が云いたいんだよ」

「いえ、別に」

それきり古城は口を閉《と》ざし、俺もむっつりと黙《だま》り込む。

距離《きょり》を置けば、少しくらい気持ちの整理がつくかと思っていた。振《ふ》り向いてくれるかもしれないと期待する裏で、ほんの少しだけ、もしかしたら諦《あきら》めをつけられるかもという気持ちもあった。だけど、いまの俺の感情は、前以上にぐちゃぐちゃだ。

古城と兄貴の話を聞かなかったことにして、何もなかった振りをすることにしたら、俺は尚之の家にいる意味がなくなってしまう。

古城とは今まで通りの関係に戻《もど》れるようになるかもしれないけれど、せっかく昔みたいに話してくれるようになった尚之が、また離《はな》れていってしまうのではないだろうかという不安があった。

俺、古城のことも大事だけど、尚之も大事なんだよな。

俺がヘンなことを頼《たの》んだせいで、おかしな関係になってしまっているけど、しばらく一緒《いっしょ》にいて、やっぱり俺はあいつのことが好きなんだって再確認《さいかくにん》した。もちろん、古城とは違う『好き』だけど。

「着きましたよ。こちらでよろしいですか？」

「うん、サンキュ。ここまででいいから」

結局、こうして古城に送ってもらってしまってるあたり、俺も進歩がないような…。

でもそういえば、古城とは前みたいに話せてる気がする。真実を知ったばかりのときのように、無性に泣きたくなるような気持ちにはならない。

これは、過ぎた時間が気持ちを落ち着かせてくれたのか、それとも俺に余裕《よゆう》ができたからなのか。古城に効果がないなら、尚之とああいうことをしちゃったのは、あんまり意味がなかったのかもと思いかけていたけど、俺も少しは変われたのかもしれない。

あんな恥《は》ずかしい目に遭《あ》ったんだから、少しくらい何か変化がないと割に合わないもんな。

「明日またお迎《むか》えに上がりますので、それまでにどうしたいのか考えておいて下さい」

「はあ？　来なくていいよ」

「そういうわけにはいきません。家が恋《こい》しくなったらいつでもご連絡《れんらく》下さい」

古城は俺にそう告げると、Uターンして来た道を戻っていった。

車が見えなくなった角を見つめながら、俺は口の中で小さく悪態をついた。

「恋しくなんかならねーよ、ばーか……」

「ちょっと買いすぎたかも……」

意外に重い買い物袋《ぶくろ》を提《さ》げて歩きながら、俺は後悔《こうかい》していた。

スーパーで思いつく限りの食材をカゴに放《ほう》り込んで買ってきたのだが、適量がよくわからず、やけに大量になってしまったのだ。

よく考えてみたら二人ぶんなのだから、こんなにたくさん買わなくてもよかったんだよな。

「はぁ…重かった」

何とか尚之の部屋の前まで辿《たど》り着いた俺は、ポケットから鍵《かぎ》を取り出した。しかし、差し込んだ鍵は思ったほうには回ってくれない。

もしかして、朝出るときに鍵をしていくのを忘れたんだろうか？

でも、尚之は確かに鍵をかけていたはずだ。

……まさか、泥棒《どろぼう》!? いや、こういう場合は空き巣って云《い》うんだっけ？？？

と、とにかく、中を確認してみないと――。

ドキドキしながら玄関《げんかん》のドアを開けようとした途端、中から物凄《ものすご》い勢いで開かれた。

「彬!?」

「うわッ!!」

中から顔を出したのは、まだ帰宅しているはずのない尚之だった。

しかも、とんでもなく怖《こわ》い顔をしている。

俺、また何か怒《おこ》らせるようなことしたっけ？

「た…ただいま……」

「あ…ああ…」

尚之は険しい顔のまま、声を上擦《うわず》らせた。

いったい、何がどうなってんだよ。さっきは確かに弓道着《きゅうどうぎ》を着ていたはずなのに、それがどうして俺より先に家に帰ってるわけ？

「何でもう帰ってんの？　部活は？」

「早退してきた」

「え…早退って、具合でも悪くなったのか？」

見た感じ、体調は悪くなさそうだけど。ということは、練習中にケガでもしたとか？

「そういうわけじゃない。……お前こそ、家に帰ったんじゃなかったのか？」

「へ？　何で？　まだ帰るなんて云ってないじゃん。何でそんなこと訊《き》くわけ？」

校舎の裏でキスされたあと、俺が逃《に》げるように行ってしまったからそんなふうに思ったんだろうか？

つーか、もしかして尚之、俺に早く出てって欲しいとか思ってたりすんのかな……。

ちょっと不安になって、俺は靴《くつ》を脱《ぬ》ぎかけていた足を止めた。

「さっき、古城さんの車に乗ってたじゃないか」

「あっ、あれは無理矢理、車に乗せられただけで――って、見てたのかよ」

「お前が怒ってるみたいだったから、気になって追いかけたら目に入ったんだよ」

怒ってるみたいじゃなくて、怒ってたんだよ！　でもそれは、お前が俺のことからかうのが悪いんだぞ？

「仲よさそうに話してたじゃないか。縒《よ》りが戻ったんなら、ウチにいる必要はないんじゃないのか？」

「は？」

あれが仲よさそうに見えてたっていうのも引っかかるけど、それ以上に気になった単語があった。

縒りって……何それ？

「仲直りできたんだろう。よかったな」

「あのさ。お前、何か誤解してないか？」

「何が」

「縒りって…」

「ああ、古城さんとの痴話《ちわ》ゲンカの当て馬に俺を使ってたんだろ？」

「ちげーよ!!」

ああもうっ、やっぱり！

尚之は、俺と古城がつき合ってると思いこんでいたのか。いったい、どこでそんな誤解をしたんだか。

俺は苛立《いらだ》ちに地団駄《じだんだ》を踏《ふ》みたくなった。

「違《ちが》う？　何が」

「あいつとはそういう関係じゃねーよ!!」

怪訝《けげん》な顔を向けられて、俺はさらに声高《こわだか》に否定する。

そういう関係だったら、どんなにいいかもしれないけど。違うからこそ、こうやってジタバタと足掻《あが》いてるんだよ！

「だが、失恋《しつれん》したとか何とか云ってただろう」

「それは……っ！　だから、俺の完全な片想《かたおも》いなんだよっ」

「片想い……？」

「んなこと何度も云わせんな!!」

失恋とか片想いとか、何度も何度も云わせるんじゃねえっつーの！

そんなに俺を落ち込ませたいのか、お前は……。

「そうだったのか……」

「そうだよっ！　あいつは俺のことなんてどうでもいいの！　俺じゃなくて、母さんのことが好きなんだから」

「だから、俺とつき合ってることにして意識させようとしたのか」

「……あんま、意味なかったみたいだけどな。あいつにとって俺はただの好きな人の子供でしかないんだよ」

俺のしていることは、無駄《むだ》なことでしかないのだということは薄々《うすうす》感づいている。もしも、あいつと釣《つ》り合う大人になれたとしても、振《ふ》り向いてもらえる可能性はゼロに等しいことだってわかってる。

人のものになってしまったとわかっていても好きな人を想い続けている古城が、簡単に気持ちを俺に向けてくれるわけがない。

それでも、俺は何かに縋《すが》りたかった。心の拠《よ》り所が欲しかったのだ。だから、古城に少しでも自分を意識させるためにこいつに抱《だ》かれるなんて無茶なことさえ実行したんだ。

「諦《あきら》められないのか？」

「諦められんなら、とっくに諦めてるよ!!」

簡単に諦められるなら、こんなにもやもやした気持ちになんかなったりしない。思い通りにならないからこそ、もどかしいのだ。

「そうだな……そうだよな……」

すると尚之は、何故《なぜ》か自分に云い聞かせるように呟《つぶや》いた。その様子に俺は、苛立ちを少しだけ落ち着かせる。

何だろう？　もしかしたら、尚之も俺と同じような想いを抱いたことがあるんだろうか…？

「さ、さっきだって母さんが心配するからって様子見に来ただけだし。買い物行きたいって云ったら、はいそうですかってスーパーまで送ってくれたんだ。ヤキモチ焼いてくれてんだったら、そのまま家に連れて帰るとかするだろ」

思わず自嘲《じちょう》気味な笑いが漏《も》れてしまう。こうして自分の口で言葉にすると、改めて対象外としか見られていないことを思い知らされる。

「スーパー？　何買いに行ったんだ？」

「え？　お前が外食ばっかだから、何か作ってやろうかと思ったんだよ。……カレーしか作れないけど」

「だから、帰りが俺より遅《おそ》かったのか」

「そうだよ」

尚之が帰ってくる前に作り終えておくつもりだったのに、先に帰ってるなんて予定外。驚《おどろ》かせる計画が台無しだよ。

でも、胸の内に抱《かか》えていたことを吐《は》き出せて、ちょっとだけスッキリした気がする。あんなこと、本当は誰《だれ》にも話すつもりはなかったんだ。

「……お前には迷惑《めいわく》かけるけど、もうちょっとだけここにいてもいいかな？」

そうしたら、失恋の傷もだいぶ癒《い》えるんじゃないかって思う。今日だって、ちょっとつっかかってしまったけれど、古城の顔を見て泣きたくなるような気持ちにはならなかったし。

すると、尚之は微《かす》かに戸惑《とまど》いの表情を見せた。

「それは構わないが……お前、わかって云ってるのか?」

俺は質問の意味がわからず、目を瞬《またた》かせた。

「え?」

「契約《けいやく》。忘れたわけじゃないだろうな」

「あっ……う、うん。忘れて、ない」

と云《い》いつつ、すっかり忘れていた。

俺がここにいる間は、尚之の好きにさせる——それが、俺たちの交《か》わした契約だ。

ここに残るということは、その契約が続行されるということで……。

「さっき、学校で俺が何て云ったか覚えてるか?」

尚之の問いかけに、俺はあのとき耳元で囁《ささや》かれた言葉を思い出す。逃げ場を塞《ふさ》がれ、吐息《といき》の
かかる距離《きょり》で告げられた言葉。

「えっと…『続きは帰ってから』…?」

「そうだ」

真顔で頷《うなず》かれ、後退《あとじさ》る。

「で、でも、あれは俺をからかって云ったんじゃ……」

「俺はいつでも本気だ。あそこで手を出したら、歯止めが利《き》かなくなりそうだったから、やめておいたまでだ」

「何云って――――」

確かに冗談《じょうだん》を云っているようには、とても見えないんですが……。

「場所くらい選ばせてやる。ベッドとソファー、どっちがいい？」

「う……」

どっちだろうと、することは同じなんだろ？　だったら、本当はどっちも遠慮《えんりょ》したいっていうか……。

俺は頭をフル回転させ、逃《に》げる云い訳を必死に考えた。

「メシどうすんだよ！」

「あとで作ればいいだろう」

「ええと、ほら！　大荷物持ったせいで汗掻《あせか》いたし、先に風呂《ふろ》とか入りたいかな〜なんて……」

「なら、風呂場にするか？」

「はい？」

いま、何ておっしゃいました？

その場所は、さっきの選択肢《せんたくし》には含《ふく》まれてなかったと思うんですけど。

「一緒《いっしょ》に入れば時間のロスもない。どうせだから、背中も流してやるよ」

「いやいやいや、それはちょっと！」

それなら、まだベッドのほうがマシだ。風呂場じゃ、体を隠《かく》すものが何もないじゃないか。

というか……せめて心の準備をする時間が稼《かせ》げたらと思っての申し出だったのに、墓穴《ぼけつ》を掘《ほ》る結果になってしまうなんて。

「今更《いまさら》何を恥《は》ずかしがってるんだ？　昔はよく二人で風呂入っただろう」

「そうだけど、でもっ」

それとは健全さが全然違《ちが》わないか？

「いいから、つべこべ云わずに来い」

「そんな…っ」

あれこれと逃げ道を探している間に、尚之は俺を問答無用で脱衣所《だついじょ》に連れ込んでしまう。

そして抵抗《ていこう》も虚《むな》しく、あっという間に制服を剝《む》かれた俺は、素っ裸《すっぱだか》で浴室に放《ほう》り込まれた。

「先にシャワーを浴びておけ」

「…………」

どうして、こんなことになっちゃったんだ……？

俺は浴室で一人、呆然《ぼうぜん》と立ち尽《つ》くす。契約上、俺に拒《こば》む権利はないけれど、初心者相手に風呂でしようなんて普通《ふつう》云うか？　それともこれは、普通のことなのか？

俺はどうしたらいいのかと、自動でお湯が溜《た》まっていく浴槽《よくそう》を所在なげに眺《なが》める。

「……そうなのか……？」

「何突《つ》っ立ってるんだ」

ぼんやりとしていたら、いつの間にか服を脱《ぬ》ぎ終わった尚之が俺の背後に立っていた。

「尚之…っ」

一昨日《おととい》したときは俺だけ脱がされて終わったからわかんなかったけど、改めてちゃんとこうして見てみると、やっぱり尚之の体は綺麗《きれい》だ。

長身でバランスよくついた筋肉。細いばっかりの俺とは全然違う。

「どうした？」

「なっ、何でもない…っ」

「そのままじゃ体冷えるだろう」

そう云って、尚之はシャワーのコックを捻《ひね》る。初めは冷たい水が頭の上から降り注いできたけれど、やがてそれは温かなお湯に変わっていった。

体を流れ落ちる雫《しずく》の感触《かんしょく》に、尚之に触《ふ》れられたときのことを思い出す。撫《な》でるように優《やさ》しく、ときには強く揉《も》むようにしてくるあの指の動きがどうしても忘れられない。

水が落ちる音に混じって、ドクン、ドクン、と心臓が大きく鳴り響《ひび》く。

緊張《きんちょう》と羞恥《しゅうち》と、それから期待が入り交じった不思議な昂揚感《こうようかん》。

浴室に湯気が立ち籠《こ》めた頃《ころ》、シャワーを止められ、雨音のような雑音がなくなった。

「彬」

「……っ」

狭《せま》い空間に響く尚之の声。

俺よりも先に声変わりした低音は、何故《なぜ》か甘く鼓膜《こまく》に響いた。

「どこから洗う？」

「す、好きにすればいいだろ」

「わかった」

ぺたりと背中にボディーソープが泡立《あわだ》てられたスポンジがあてられた。それはまるで大事なものを扱《あつか》うかのように、俺の体を撫でていく。

「……っ……」

決してやらしい触《さわ》り方というわけではないのに、俺の体は過敏《かびん》に反応していた。だけど、そんな俺の体の反応など気づきもしていないのか、尚之は淡々《たんたん》と俺の体を洗い上げていく。

「……その、やっぱり、自分でできる…から…」

「気にするな」

気にするに決まってんだろ!!

か…体の反応は別にしたとしても…俺が年端《としは》もいかない子供ならまだしも、もう高校生だぞ? それが同い年の男に洗ってもらうってのはどうなんだ。

拳《こぶし》を握《にぎ》りしめ、込《こ》み上げてくる羞恥を押し殺していると、背中と腕《うで》を洗い終えた尚之が、今度は背後から抱《だ》きしめてくるような格好で胸元《むなもと》にスポンジを滑《すべ》らせてきたのだ。

「あ…っ」

胸の先を掠《かす》められた瞬間《しゅんかん》、小さく喉《のど》の奥が鳴ってしまう。

自分で洗うときは何でもないはずなのに、尚之がしているのだと思うだけで感じてしまうのは何故だろ…。それどころか、思わずもっとそこを触って欲しいとさえ思ってしまった自分が恥ずかしい。

洗ってるだけ、洗ってるだけ……。

自分に云い聞かせるように心の中で繰《く》り返している間にも、スポンジは腹部、腰周《こしまわ》りと徐々《じょじょ》に下方へと降りていく。

とうとう下腹部に辿《たど》り着き、もっと下へと行こうとした瞬間、俺は堪《こら》えきれずに声を荒《あら》らげた。

「もっ、もういいっ! そっからは自分でするから!!」

尚之に触られたら、絶対に反応してしまう。それでなくてもヤバイのに、直《じか》に刺激《しげき》を与《あた》えられたらどうなってしまうか、今度は簡単に予想がついた。

明確な目的を持って触れられて感じてしまうならまだしも、ただ洗ってもらってるだけでそうなってしまうのは抵抗がある。

「遠慮するな」

「遠慮とかじゃなくて…っ、ちょっ…いいってば！」

下腹部からその下にまで泡を塗《ぬ》りたくられ、俺は慌《あわ》てた。案の定、敏感なそこはそれだけで反応するなんて、俺はどうしちゃったんだろう…？

おまけに、ちょっと擦《こす》られただけであっという間に芯《しん》を持ち、勃《た》ち上がってしまった。

「〜〜〜〜っ」

だから、自分でするって云《い》ったのにっ。

いくらエッチをしたことがある仲とは云っても、快感に理性が飛んでるときに見られるのと素面《しらふ》で見られるのとでは訳が違う。

尚之はピンと反り返った俺の昂《たかぶ》りを指で弾《はじ》きながら、感想を述べた。

「本当に感じやすいんだな」

「……っ、仕方ないだろ!? 慣れてないんだから!!」

「どうする？　自分でするか？」

「さっきからそう云って…あ……」

云いかけた俺は、言外に含まれた尚之の言葉の意味にようやく気づいて、かーっと顔が熱くした。尚之は、自分で体を洗うか、と聞いているわけじゃない。こんなになってしまった俺自身の始末を、自分でするのかと訊《き》いてきているのだ。

できないと云えば、多分尚之の指がすぐに絡《から》みついてくる。

だけど、それではまるで俺がねだっているみたいで悔《くや》しいし。負けず嫌《ぎら》いの俺に、そんなことを云えるはずもない…。

「彬、どうする？」

尚之の手からスポンジが落とされ、腰に腕が回される。背中が尚之の体に密着し、腰の辺りに熱いものが触れた。

う…わ……。

俺は、押し当てられたものの大きさに息を呑《の》む。まだ反応しきってないのは感触でわかったけれど、それでも熱も質量も圧倒《あっとう》的だ。

「俺がするか？」

「できるよ！」

俺はできないと云うのが悔しくて自棄《やけ》になって吐《は》き捨てるように云うと、左手で尚之の腕に摑《つか》まり、もう一方の手をおずおずと泡まみれの自身に伸《の》ばした。

「んっ……」

包み込んだ昂りはすでに熱く、硬《かた》く張り詰《つ》めている。泡でぬるつくそれをそっと擦ると、一層嵩《かさ》を増した。

欲望のままに指を動かしてしまいたい気持ちもあるけれど、尚之が見ていると思うと動きがぎこちなくなってしまう。

「……っ、う……」

「いつもしてるようにすればいいだろう」

「るさい…っ、……っは、あ……」

もどかしさと恥《は》ずかしさの間で葛藤《かっとう》していると、尚之が胸の辺りを弄《いじ》り始めた。泡の中から硬くなった乳首《ちくび》を見つけ出し、指先で転がしてくる。

「やっ、そこ…だめ……っ」

「だめなのに、こんなに硬くしてんのか？」

「は…っ…」

こりこりと捏《こ》ねられ、押し潰《つぶ》されると吐息《といき》が漏《も》れる。丸く撫でられればまたぷつりと芯を持ち、爪《つめ》で引っ掻《か》かれると痛痒《いたがゆ》さに身悶《みもだ》えさせられた。

「いっ……んん、ん…っ」

「彬……」

「は…っ、あ…ぁ、あ……っ」

尚之の指から生み出される快感が、俺の理性を溶《と》かしていく。

快楽を覚えたばかりの体は貪欲《どんよく》だ。もっと、もっと気持ちよくなりたくて、俺は手の中のものを大きく扱《しご》いてしまう。

「もっと強く、だろ?」

「んっ、あ…あ……っ」

見られてるという恥ずかしさを忘れ、体の奥で膨《ふく》らむ疼《うず》きにそそのかされるようにして、手を動かす。

「もっとだ」

「ん……ぁ、あ…っ……」

昂りを握っていた手を上から包み込まれ、強引《ごういん》に動かされる。締《し》めつけがキツくなり、摩擦《まさつ》が激しくなると、快感も深みを増した。

「や、やだっ、あ、あ…っ」

「やだじゃなくて、いい、だろ?」

「ひぁ…っ、あ…いや……っ」

乱暴に擦り上げられる自身が痛いほどに膨れ上がる。そして何度か強く擦られただけで、びくんっと手の中のものが弾けてしまった。

「ぁあ…っ」

目の前の壁《かべ》に派手に飛び散る白濁《はくだく》。

壁を伝い落ちるその様子がやけに卑猥《ひわい》で恥ずかしくて、俺は顔を赤くしてしまう。

「ずいぶんと早かったな」

「うっさいな！　お前が勝手なことするから…っ」

「どうして怒《おこ》るんだ。悪いことでも何でもないだろう？」

「そりゃ、そうだけど……」

でも、男として早いってのは、沽券《こけん》に関《かか》わることじゃないか。尚之にとっては、そんなこと些末《さまつ》な事柄《ことがら》なのかもしれないけどさ…。

「体を洗い流すぞ。一人で立っていられるか？」

「あ、当たり前だろ」

そう云ってから俺は、いつの間にか尚之に寄りかかるように体を任せていたことに初めて気づいた。慌てて足に力を込めると、泡だらけの肌《はだ》にシャワーが降り注がれる。

俺ばっか恥ずかしくて、ずりぃよな……。

つーか、こんなにすぐ気持ちよくなっちゃって、本当にいいものなのかな？

正直、尚之に触《さわ》られると、自分でするよりも何倍も気持ちがいい。ほんのちょっとの接触《せっしょく》でも感じてしまうなんて、もしかして俺、どっかヘンなのかも……。

「……俺ってインランなのかなぁ」

「は？」

ぼそりと口にした疑問に、尚之は怪訝《けげん》な声を上げた。

「だってさ、友達のお前とヤってこんな気持ちいいって、やっぱりヘンじゃん？　他《ほか》のやつとしたことないからわかんないけどさ」

「それは……相性《あいしょう》もあるんだろう」

「そっか。尚之も俺で気持ちいいんだっけ」

だから、あんな交換《こうかん》条件を出してきたんだもんな。じゃなかったら、引く手あまたなこいつが、エッチの相手にわざわざ俺を選ぶわけないし…。

あ…そういえば、さっきまで腰に当たっていた尚之のあれは最初よりも硬くなってきていた気がするけど、ほっといて大丈夫《だいじょうぶ》なんだろうか？

「……なあ」

「ん？」

「俺も、何かしたほうがいいの？」

いくら交換条件とはいえ、世話になっている身としては、一方的に気持ちよくしてもらうばかりではいけない気がして、俺はなんとなく訊《たず》ねてみた。

「しなくていい。お前はただ感じていればそれでいい」

「あっ……」

尚之はいつの間にか硬度《こうど》を取り戻《もど》した俺の昂りをそろりと撫《な》でながら、耳元に囁《ささや》きを落とす。耳朶《みみたぶ》を軽く嚙《か》まれ、耳殻《じかく》を舐《な》められ、ぞくぞくと背筋が震《ふる》えた。

「ほ、ホントにここですんの…？」

「今更《いまさら》、何云《い》ってる」

「そう…だよな……」

腰を引き寄せられると、密着する背中が熱い。いまにも頽《くずお》れてしまいそうな膝《ひざ》を必死に突《つ》っ張らせていると、そんな俺の様子に気づいたのか、尚之がその場に膝をつくように云ってきた。

「足を開いて、そこに摑まって。できるか？」

「う、うん…」

素直《すなお》に応じてみたけれど、俺ばかりが恥ずかしいことには変わりがない。文句を云っておこうと思って振《ふ》り返ると、尚之がリンスに手を伸ばしたところだった。

「？」

体を洗うことの続きなら、その隣《となり》のボディーソープなんじゃないだろうか？

間違《まちが》いを指摘《してき》しようとしたとき、後ろの窄《つぼ》まりにぬるりとしたものを塗《ぬ》りつけられた。

「な、何!?」

「滲《し》みるか？　シャンプーよりは痛くないんじゃないかと思ったんだが」

まさか、そんなものを潤滑剤《じゅんかつざい》の代用にする気なのか…？

確かに、丹念《たんねん》に解《ほぐ》されたあとに入れられてあれだけ苦しかったのだから、何もしない状態であのサイズのものを入れられたらとんでもなく痛いだろうし、それを考えると潤滑剤も必要だとは思う。

だけど、本当にそんなものを使っても大丈夫なのか…？

「お前、使ったことあんのかよっ」

「いや」

「俺で試《ため》すなッ！」

真面目《まじめ》な声で返され、俺は反射的に叫《さけ》んでいた。

体に悪い影響《えいきょう》でも出たらどうすんだっ！　お前はいいかもしれないけど、俺はそんなとこを医者に診《み》せたりするなんて、絶対に嫌《いや》だからな！

「その様子じゃ大丈夫そうだな」

「大丈夫って――ぅあ…っ」

容赦《ようしゃ》なく指を中に突き立てられ、俺はびくんっと背中を撓《しな》らせた。浅い部分を抜《ぬ》き差しされると、上擦《うわず》った声が上がってしまう。

「……っあ…」

「大丈夫だろ？」

「ん…あ…」

恐《おそ》れていたような痛みはなくて少しほっとしたけど、慣れない物を使われていることへの抵《てい》抗感《こうかん》は否《いな》めない。

すると、俺の体からなかなか強張《こわば》りが解けないことが気になったのか、尚之は空いている手を前に伸《の》ばしたかと思うと、萎《な》えていた俺自身を不意に握《にぎ》り込んできた。

「あ、やだ……あ……っ」

敏感《びんかん》なそこを直接擦られる感触に気を取られ、力を抜いた瞬間《しゅんかん》さらに指が奥まで押し込まれる。

「ん……くっ……」

無遠慮《ぶえんりょ》に蠢《うごめ》く指。だけど、ぬるぬると入り口を擦り、粘膜《ねんまく》を掻《か》き回される違和感《いわかん》に奥歯を嚙みしめているうちに、だんだんと体は快感を増していってしまう。

浴槽《よくそう》に摑《つか》まる手に力が籠《こ》もる。くちゅくちゅという音が反響《はんきょう》し、俺は自分を翻弄《ほんろう》する指の動きをさらに意識してしまう。

尚之は指を締めつける粘膜を押し広げ、キツい窄まりの入り口を揉《も》み解した。二本、三本と中を掻き回す指を増やされるけれど、俺はどうしてか物足りなさを感じてしまう。

もっと、確かなものが欲しい――無意識にそう思ってしまい、俺は自ら腰《こし》を揺《ゆ》らめかせていた。

「彬、俺のが欲しい？」

「……っ！」

直截《ちょくせつ》に訊《き》かれ、恥《は》ずかしさに顔が熱くなる。

そして次の瞬間、尚之に胸の内全《すべ》てを見抜《みぬ》かれているような気がして怖《こわ》くなった。

「云えよ。そうしたら、お前のいいようにしてやる」

唆《そその》かす声は甘い毒のようだ。

羞恥《しゅうち》と引き替《か》えに快楽を与《あた》えてやると誘惑《ゆうわく》する言葉の裏を返せば、云うまでは欲しいものが与えられないということ。

「意地悪…っ」

「云えよ、彬。その口で」

低い声で促《うなが》され、ぐらりと気持ちが揺らいだ。それでも頑《かたく》なに口を閉《と》ざす俺の体を、尚之は更《さら》に追い詰《つ》める。

手の中の昂《たかぶ》りをぎゅっと握り、張り詰めたそれを意識させられると共に、後ろを抜き差ししていた指で体の中にある感じやすい場所を刺激《しげき》してきた。

「やっ、あ、あっ、そこやぁ…っ」

「ここ？」

「あぁあ…っ」

わざと少しずれた場所を擦られ、身悶《みもだ》える。欲しいものが与えられない苦しさに、俺は力なくかぶりを振った。

「……れて……」

「なおの、欲し……っ」

結局、プライドと欲望の間を行き来していた俺の意識は、体の欲求に負けてしまった。

告げた瞬間、ずるりと指が引き抜かれ、腰を後ろに引かれたかと思うと、代わりに熱くて硬《かた》いものが押し当てられる。そして、身構える間もなく一気に奥まで貫《つらぬ》かれた。

「あー…っ!!」

物凄《ものすご》く熱いものが隙間《すきま》なく埋《う》め込まれる。脳を焼かれるような衝撃《しょうげき》に、俺は一際《ひときわ》高い声を上げてしまう。

「熱いな、彬ん中。こっちが溶《と》かされそうだ」

尚之の声もかすかに掠《かす》れている。入り込んだ存在を意識すると、その形や温度、脈の速さまでが感じ取れるように思えた。

「……やくっ、動けよ…っ」

「煽《あお》るな、バカ」

もどかしさに急《せ》かすと、尚之は俺を甘く詰《なじ》りながらも、すぐに繋《つな》がった腰に律動を送り込んできてくれる。

「あぁ…っ、あ…っ、あ!」

それはすぐに激しい揺さぶりへと変わり、抉《えぐ》るような突き上げへと変化した。掻き回すように荒々《あらあら》しく穿《うが》たれると、頭の中まで犯《おか》されているような錯覚《さっかく》を覚える。

「んっあっ……！」

あまりの快感に堪《こら》えきれず、浴槽に爪《つめ》を立てながら頭を垂れると浅ましく反応した自身が目に入ってきた。

限界まで膨《ふく》らんだそれは先端《せんたん》から雫《しずく》を零《こぼ》し、与えられる律動と共に揺れ動いている。すると、そこに再び尚之の指が絡《から》みつき、絶頂を促してきた。

「やっ……あ……一緒《いっしょ》に、触《さわ》る……な……っ」

そんなことをされたら、またイッてしまう。

どうにかしてやめさせたくても、俺にその術《すべ》はなく、ただ自分が高められていくのを見ていることしかできない。

そして、堪えることも出来ないまま、俺は結局、深い突き上げと巧《たく》みな指遣《ゆびづか》いに、すぐに欲望を爆《は》ぜさせてしまった。

「ぁあ、あっ、あぁあ……ッ」

しかし、高みから突き落とされるかのようにして解放を促され、ようやく体が自由を取り戻《もど》した——と思った瞬間……。

「まだだ」

尚之はそう云うと、絶頂に強張る俺の体に休みを与えることもなく、犯し始めたのだ。

「え…ちょ…」

腰を引かれ、狭《せば》まった器官から中にあったものが抜け出ていく。その感触にぶるりと震《ふる》えると、直後勢いよく押し戻された。

「あー…っっ」

内壁《ないへき》を一息に擦られる快感に、また粘《ねば》った体液が飛び散った。びくびくと内腿《うちもも》が痙攣《けいれん》し、昂りの先端からは白濁《はくだく》が滴《したた》り落ちる。

尚之は体液に濡《ぬ》れた手で俺の胸元《むなもと》を撫《な》で回すと、背後から覆《おお》い被《かぶ》さるようにして、項《うなじ》にキツく吸いついてきた。

「あっ…んん、んぅ……っ」

「彬、俺の名前呼んで」

乞《こ》う声は、どこか甘く切なくて。俺の知っていた頃《ころ》の甘ったれで泣き虫の尚之がそこにいるように思えて、ふいに胸に熱いものが込《こ》み上げてきてしまった。

「なお…？」

「もっと呼んで」

「なお、なお…っ、尚之…っ」

尚之の名前を呼ぶたびに、抽挿《ちゅうそう》が激しくなる。迸《ほとばし》る激情をぶつけるかのように穿たれ、俺の体はバラバラになってしまいそうだった。

嵐《あらし》のように俺を襲《おそ》う快感。泣きたくなるような切なさを感じながら、俺はただひたすらに喘《あえ》いだ。

「あっ、あ…っ、なおっ、あぁあ…っ」

最奥《さいおう》を突かれ、電流のようなものが頭のてっぺんまで駆《か》け上がる。体の中で膨れ上がった熱が出口を探して暴れ回り、鼓動《こどう》がいままで以上に早鐘《はやがね》を打つ。

「なお…っ、やっ、また、いく……っ」

「わかってる」

そう答える尚之の声にも余裕《よゆう》がない。一緒にな、と囁《ささや》かれたあと、すぐ体内を掻き回す動きが大きくなった。

「ひぁ…っ、あっ、あ…っ」

「く……っ」

深く穿たれた尚之の欲望が俺の中で弾《はじ》け、一番奥がじわりと濡れる。その感触にぞくぞくと四肢《しし》が震えたかと思うと、ほぼ同時に俺は何度目かの絶頂を迎《むか》えた。

「あぁああ…っ!!」

頭の中は何も考えられないくらい真っ白なのに、何故《なぜ》か泣きたくなってしまう。ただただ切なくて、俺はこのどうしようもない気持ちに困惑《こんわく》するしかなかったんだ…。

「おら！　できたぞ!!」

俺は四苦八苦して作ったカレーを、さあ食えと云《い》わんばかりに尚之の前にドンと置いた。

結局、風呂場《ふろば》で散々イカされたあと尚之の部屋に連れて行かれて、そこでもわけがわからなくなるまでヤられてしまった。

終わったあとの足腰《あしこし》はガクガクだったけれど、俺は意地になってキッチンに立った。

勿論《もちろん》、当初の予定通りカレーを作るためだ。

店屋物を取る手もあったけど、それでは何かに負けた気分になる。それに大量に買い込んできた食材を無駄《むだ》にするのももったいなかったし。

「ほら、食えよ」

久しぶりの料理は当然手際よくはいかず、ジャガイモの皮を剝《む》くのさえ一苦労だったけれど、何とかでき上がった。

味もまあまあだと思う。

「いただきます」

自信はある…けれど、俺はつい尚之がスプーンを口に運ぶ様子をじっと見守ってしまう。

自分で作ったものを人に食べてもらうのって、何か緊張《きんちょう》するんだよな。

「……どう？」

「うまいな」

「だろ⁉　俺にやってできないことはないんだよ」

よかった。尚之の口に合って。意地になって作っておいて、不味《まず》くて食べられませんでしただなんて、俺の立場がなさすぎる。

「俺も食べよっと」

安心した俺は自分も席に着き、カレーを食べ始めた。体を酷使《こくし》させられたことで、かなり腹が減っていたのだ。俺はあっという間に一皿空にし、自分でお代わりをよそってがつがつとかき込んだ。

「よく食うな」

「お前に散々つき合わされたせいで腹減ってんだよっ」

「もっとって云ったのは彬だろ」

「云ってないっ」

「覚えてないだけじゃないのか？　あんまり泣くから『もうやめるか？』って訊《き》いたら、嫌《いや》だって駄々《だだ》捏《こ》ねたくせに」

「知らねーよ、そんなこと！」

めちゃくちゃにされていた間のことは、正直よく覚えてないんだよな……。理性も吹《ふ》き飛んだ状態で、尚之にされるがままだったし。

それにあんな恥《は》ずかしいことしておいて、あとで全部を克明《こくめい》に思い出せたりしたら、俺は憤《ふん》死《し》してしまう。

どうして尚之は、そう平然とした顔をしていられるんだ？

やっぱり、『慣れ』の差？　俺ももっといっぱいすれば、恥ずかしくなくなるのかな？

でも……俺の場合、一回目より二回目の今日のほうが恥ずかしかったし、余計に感じてた気がしたんだけど。

回を重ねる度《たび》にどんどん気持ちよくなってくんだとしたら、何十回もしたあとにはどうなってるんだろう……。

「――彬？　どうした、ぼうっとして。体辛《つら》いのか？」

「う、ううんっ、ちょっと眠《ねむ》かっただけっ」

つーか、何十回ってありえないだろ。尚之とこういうことするのは、居候《いそうろう》させてもらう代わりに契約《けいやく》をしてるからであって、俺もずっとここにいるわけじゃない。

めいっぱいするとしたって、せいぜい十回やそこらだろう。

「………」

そうだよな。こんな生活がいつまでも続くわけがない。

いくら尚之の傍《そば》が居心地《いごこち》よくても――エッチは恥ずかしいけど!!――すぐに終わりが来るん

だ。

「…………」

……………？

何だろう、変な感じがする。寂《さび》しいような…悲しいような…なんか……。

「彬、お代わりはあるか？」

「え？　うん、あるよ。作りすぎちゃったから、明後日《あさって》のぶんまであると思う。どのくらい食べる？」

買ってきた食材を全部使ってムキになって作ったせいで、鍋《なべ》いっぱいにできちゃったんだよね。

「半分でいい」

「わかった」

リクエスト通りの量をよそって持っていくと、尚之がぼそりと呟《つぶや》いた。

「そういえば、中等部の調理実習で作ったことがあったよな」

「そうそう、そんときお前、指切ったんだよな」

「料理は苦手なんだ」

「料理だけじゃなくて、工作とか美術も苦手なくせに」

尚之って頭はいいけど、本当に指先が不器用なんだよな。そのくせ、エッチのテクだけは一人前っていうのが腑《ふ》に落ちない。器用なところが特殊《とくしゅ》すぎだっての。

「あのときのも美味《うま》かったな」

「まぁね。他の班とか、色々ぶちこんで凄《すご》い味になってるところもあったもんな」

あのとき、隠《かく》し味になるからといって、チョコレートやらバナナやらを大量に鍋に投入していた班があったのだ。

それらはあくまで隠し味だから引き立つのであって、山ほど放《ほう》り込むものじゃない。なのに、加減を知らない中学生は勢いに任せてその全《すべ》てを使ってしまったのだ。

何とも云えない匂《にお》いを放つそれを、そこの班はイタズラした罰《ばつ》として残さず食べさせられていたっけ。

「あれは凄かったな……」

「バカだよなー。自分たちの昼飯なのに、あんなことして」

二度とカレーなんか食べたくないと思うくらい、とにかく不味かったのだ。絶対にあいつらはカレー嫌《ぎら》いになっているに決まってる。

「お前は、家で料理するのか？」

「ううん、ウチはお手伝いさんが全部やってくれるから、俺が手ぇ出すことなんてないもん。あ、でも、カレーなら実習で習ったあとに何回か作ったんだ」

「へえ」

「どうしても古城に食わせたくてさ。あいつも美味いって云ってくれたから、これだけは自信あるんだ」

「………」

「それをさっき云ったら、あいつ食べられなくもなかったとか云いやがんの。美味いっつってお代わりまでしたのは誰《だれ》だって云いたくなったね――尚之？」

そこで俺は黙《だま》り込む尚之の様子に気がついた。

カタン、とスプーンを皿に置いたその表情は重く、深刻そうだ。

「え、もしかして腹に来た？」

変な物を入れたつもりはないけれど、万が一ってこともある。だけど、不安になりながら訊《たず》ねた俺への返事は意外なものだった。

「お前、やっぱり、あの人のことが好きなんだな……」

「え？　それ、どういう……」

和《なご》やかな雰囲気《ふんいき》が途切《とぎ》れ、何故《なぜ》か空気が重たくなっている。

俺、何か気に障《さわ》るようなこと云ったか？　カレーの話してただけだと思うんだけど……。

尚之はそれきり喋《しゃべ》らなくなり、残りのカレーをかき込むと、ごちそうさまとだけ告げてテーブルの上を片していってしまう。

「勉強あるから部屋に戻《もど》る。皿はあとで片づけておくから好きにしてろ」

そして、呼び止める間もなく、自室に引っ込んでいってしまった。

リビングに一人取り残された俺は、ただ呆然《ぼうぜん》とするしかない。

「な、何なんだよ!?」

追いかけて問い詰《つ》めたい気持ちでいっぱいだったけれど、そんなことが許される雰囲気じゃなかった。

突然《とつぜん》、目の前で境界線を引かれたような、そんな感じだった。

まるで、避《さ》けられ始めたあの日のように——。

「何なんだよ……」

零《こぼ》れた呟きに不可解さと不安とが入り交じる。

尚之の行動の理由を一生懸命《けんめい》考えてみるものの、どうしても理解できず、俺は途方に暮れるしかなかった。

「なおゆ……」

4

俺は放課後の遊びの誘《さそ》いを全て断り、とぼとぼと帰途に就《つ》いた。

このところ、俺の頭を悩《なや》ませていることについて、一人になって考えてみたかったのだ。

その悩みとは、尚之のこと。

「何なんだよ、あいつ……。っとにわけわかんねー」

一昨日《おととい》の食事の一件から、尚之との間には気まずい空気が流れていた。表向きはそれまでと変わりないけれど、どことなくぎこちない。

同じ家から出かけるわけだから学校は一緒《いっしょ》に行く。でも、会話はほとんどないし、この間みたいに学食へ行く前に迎《むか》えには来てくれなくなった。俺も気まずいから購買《こうばい》でパンだけ買ってすませてる。

何よりおかしいのは、必要以上にべたべたと触《ふ》れてきていた尚之が俺に指一本触れてこようとしないことだ。『行ってきますのキス』も『ただいまのキス』もしてこようとしない。

特にして欲しいわけじゃないけど、いきなりやめられるとそれこそ困惑《こんわく》するじゃないか…。

「それから…」

もちろんエッチもなし、なんだよな。

ベッドは一個しかないから同じ布団《ふとん》で眠るんだけど、お互《たが》いにギリギリ一番端《はし》で寝《ね》てる。

さすがに俺を鬱陶《うっとう》しいと思うようになったのか、それとも俺の体に飽《あ》きたのか……。

「でも、飽きるったって二回しかしてないしなー」

しかも、その二回目が終わったあとまではいい雰囲気だったわけだから、それが理由とも思えない。

「……って、ちょっと待て」

いい雰囲気って何なんだよ⁉

俺たちは体だけの関係であって、雰囲気の善《よ》し悪《あ》しは問題じゃないだろ。しかも、尚之の態度が頑《かたく》なになったのは、夕飯を食べてる最中だったし。

あんときは確か、カレーの実習の話してたんだよな。他の班が物凄《ものすご》いもの作っちゃってそいで、俺が家でも料理したりするのかって訊《き》かれたんだっけ。

そいで俺が、古城に食わせたくて何回か作ったって話して……。

「あれ？」

そういえばあいつ、古城の話をするときはあんまりいい顔しないよな？

ほとんど、いつもの無表情と変わりはないけど、眉間《みけん》に微《かす》かに皺《しわ》が寄る。怒《おこ》るっていうか拗《す》ねるような態度を取ったりもするし。

もしかして、尚之は古城のことが嫌《きら》いなんだろうか？

でも、あの二人が顔を合わせるのって、古城が俺を迎えにきたり、行事に顔を出してくれたりしたときだけのはずだけど。

相性《あいしょう》の悪い人間というものはいるけれど、学校で四六時中顔を合わせるような相手でもないのに、名前を聞いただけで不機嫌《ふきげん》になるほど嫌いになれるものだろうか？

「わっかんねえなぁ……」

そう呟いた瞬間《しゅんかん》、背後からクラクションの鋭《するど》い音が聞こえてきた。

「彬さん」

「古城⁉」

すっ、と歩道の横に停《と》まったのは、古城の運転する車だった。古城はパワーウィンドウを下げて声をかけてくる
「そろそろ家に帰る気になりましたか？」

「ぜ、全然」

この間まで迷いなく云《い》えていた言葉が、今日はその勢いをなくしている。このまま尚之の家に居続けてもいいものかと、心の隅《すみ》で悩んでいたからだ。

あいつは『居ていい』とも『出て行け』とも云わないから、ぎこちないまま二日も過ごしてしまったけれど、尚之の迷惑《めいわく》になっているなら、俺はあそこにいないほうがいい。そんなこと、わかってるけど……。

「彬さん」

不安に揺《ゆ》れる俺の気持ちに気づいてか、古城は車を降りて正面に立つと説得し始めた。

「もう帰りましょう。いい加減にしないとお兄様が心配しますよ？」

「…………」

親はともかく、兄貴のことを持ち出されると俺が弱いことを古城は百も承知だ。もしかしたら自分には、ブラコンの気があるのかもしれない……。

反論できずに黙っていると、そんな俺に古城は畳《たた》みかけてくる。

「しばらくあなたの好きにさせてあげたでしょう？　もう満足したんじゃないんですか？」

「お前に偉《えら》そうに云われる筋合いはねーよ！」

「誰がご両親に云い訳を伝えてあげたと思ってるんですか？」

「う…っ」

そうだった。いま俺は古城のマンションにいることになっているんだっけ。俺の親は、兄貴か古城が関《かか》わっているときは何の心配もしない。それだけ兄貴や古城を信頼《しんらい》しているのだ。それとは反対に、俺に対する信頼は無きに等しいんだよね。いや、信頼がないわけじゃなくて、ただ単に心配性ってゆーか…。

特に結婚《けっこん》してからは母さんにそっくりな俺のことを親父《おやじ》が猫《ねこ》かわいがりで、本当に鬱陶しいのだ。その影響《えいきょう》で母さんもべたべたしてくるし、うざいったらありゃしない。

「とにかく、一度家に戻りなさい。毎日毎日あなたの様子を訊かれる私の身にもなって欲しいくらいです」

「……わかったよ」

そこまで云われて駄々《だだ》を捏《こ》ねられるほど子供でもない。古城が愚痴《ぐち》るくらいだ。多分、親たちは相当古城に色々と訊いているんだろう…。

そうだよな。こんなに何日も家に帰らなかったことってないし。

「帰る…」

俺は渋々《しぶしぶ》と、古城の車の助手席に乗り込んだ。

「シートベルトはちゃんと締《し》めて下さいね」

「わかってるよ！」

いちいちいちいち煩《うるさ》いなあ、もう！

どうして俺はこんな煩いやつを好きになっちゃったんだ？

心配してくれるのはありがたいけど、俺だってもう高校生なんだぞ。……って、そうかこいつは俺のこと子供だって思ってるんだった…。

「…彬さん、それ――」

ベルトを引っ張ろうと後ろを向いたとき、古城が呆然《ぼうぜん》とした呟《つぶや》きを漏《も》らした。

「ん？　何？」

何か気になることがあったのだろうかと訊き返したけれど、はっきりしない返事しかもらえず、俺はますます気になってしまう。

「何だよ、気になるじゃん。どうかしたのか？」

「車を出しますので、気をつけて下さい」

「わっ」

古城には珍《めずら》しい急発進に、俺は驚《おどろ》いた。

「古城？」

「…………」

云いかけて止められた言葉が気になったけれど、古城が云いたくないというなら何があって
も口を割らないだろう。

そういう頑固《がんこ》なところ、尚之と似てるよな。

……でも、どうしよう……。

尚之に帰るって伝えてないのに。結局、携帯《けいたい》の番号も訊きそびれてしまったから、電話で連《れん》
絡《らく》することもできない。

いくら、気まずくなっていたからと云って、黙《だま》って出て行くのは失礼だよな？

尚之的には鬱陶しい俺がいなくなってせいせいするかもしれないけど、何日も世話になった

のは俺のほうなんだから、ちゃんとお礼くらい伝えたい。

今日は部活も短いって云ってたし、先に帰ったはずの俺がいなかったらどう思うだろう？

もう心配なんかしないかな。今度こそ家に帰ったのかと思われるだけかもしれない。

そして、これからは前みたいな関係に戻《もど》るんだ。顔を見ても口を利《き》かない、友達でも何でもない関係に……。

「……っ」

あれ？　どうして、胸が痛くなるんだろう。

尚之のことを考えていると、締めつけられるように心臓が痛くなる。

何なんだよ、この気持ち。切なくて痛くて苦しくて……まるで、あいつに恋《こい》してるみたいじゃないか。

俺が好きなのは、古城なんだぞ？

なのにどうして、俺は尚之のことばっかり考えてるんだよ？

そんな自問自答を繰《く》り返しているうちに、車は目的地へと到着《とうちゃく》していたらしい。

「彬さん、着きました」

「あれ、ここ古城のマンションじゃん。ウチ行くんじゃないの？」

車が停まっていたのは、来慣れたマンションの駐車場《ちゅうしゃじょう》だった。不思議に思って訊《たず》ねてみると、古城は珍しく歯ぎれの悪い言葉を返してくる。

「連絡をまだ入れてませんから、今日はこちらにいて下さい。……それと、少し話がありま す」

「話?」

また説教か? まあ、聞き慣れてるから別にいいけど……。

古城は運転席を降りると、助手席のドアを開けて降りるよう促《うなが》してきた。

「行きますよ」

「はいはい」

俺は前を歩く古城の様子を窺《うかが》ってみた。俺を怒るときも決して感情的にはならず、理詰《りづ》めで説教をしてくる古城が、今日はやはりどこか不機嫌《ふきげん》だ。

俺の不注意で誘拐《ゆうかい》されたこともあったけれど、そのときだってこんなふうに苛立《いらだ》った空気を纏《まと》っていたことはない。

「どうぞ」

「おじゃましまーす」

そうして、俺は古城のあとについて勝手知ったる部屋に足を踏《ふ》み入れる。だけど、何故《なぜ》か今日はよそよそしく感じて居心地《いごこち》が悪い。

古城もいつもよりイライラしてるみたいだし、何なんだろうこの空気。説教なら、早くして欲しいんだけど。

「話って何？」

「そこに座って下さい」

普段《ふだん》は勝手に寛《くつろ》いでいるソファーを指し示されたけれど、俺はどうしてか素直《すなお》に座る気にはなれなかった。

「……何か、今日のお前ヘンじゃねえ？　何イラついてんだよ」

「私のことより、彬さん——あなたのことです」

「もうっ、回りくどいなあ！　やっぱ俺、帰る。尚之にも黙ってきちゃったし、心配してるだろうから連絡したいし」

何となく嫌《いや》な感じがした俺は、そう告げて部屋を出て行こうとした。だけど、俺の前に古城が立ち塞《ふさ》がり、行く手を阻《はば》む。

「行かせません」

「何でだよ⁉」

「そんなものを残したままで家に帰るつもりなんですか？」

「そんなもの？」

古城の言葉が何を指しているのかわからず、オウム返しに問い返す。すると、古城は不愉快《ふゆかい》そうな顔で教えてくれた。

「ここに派手な印が残ってますよ」

「え…あ、嘘《うそ》ッ!?」

首の後ろ、ちょうど制服の立ち襟《えり》に隠《かく》れるくらいの位置に触《ふ》れられドキリとする。

確かそこは尚之がしつこく吸いついていたところだ。キスマークがついていたとしてもおかしくはない。でも、最後にエッチしたのは一昨日《おととい》のはずなのに、まだ残っていたなんて…。

「あ…」

さっき、車の中で古城が驚いていたのはこれを見たせいだったのか。

咄嗟《とっさ》に手でそこを隠したけれど、そんなことに意味がないことくらい俺にだってわかっていた。むしろ、そんな痕《あと》がついた心当たりがあると自ら暴露《ばくろ》しているようなものだ。

「本当にあの男とつき合ってるんですか？」

いつもは穏《おだ》やかな古城の顔がますます険しくなり、俺は思わず後退《あとじさ》る。

「え…？　あ…それは……」

尚之とつき合っていることにして、古城に気に留めてもらおうという当初の思惑《おもわく》通りのことになっているはずなのに、何故か俺は嬉《うれ》しくも何ともなかった。

それどころか、胸の辺りがざらざらする。何だろう、この嫌な気持ち……。

「私は許しませんよ。あなたにはまだ早い」

「どういう意味だよ!?」

高圧的な云《い》い方に、俺は思わず反発してしまう。

「そのままの意味ですよ。好奇心《こうき》が旺盛《おうせい》なのもいいですが、そういうことをするにはまだ早いと云っているんです」

「ガキ扱《あつか》いすんなっつってんだろ!?　そこどけよ!!」

「彼のところに行く気ですか？」

「お前には関係ないだろ…っ」

大好きなはずの古城が、いまはどうしてか怖《こわ》い。こんなふうに古城が静かに怒《いか》りを見せることなんて初めてで、俺はいますぐここからいなくなりたかった。

だけど、古城を押しのけて玄関《げんかん》に向かおうとした俺は、簡単に拘束《こうそく》され、両手首を一纏《まと》めにして壁《かべ》に押しつけられてしまう。

「い…っ」

「彼には、私が連絡してあげます。そうすれば、あなたの心配ごとはなくなるんでしょう？」

古城はそう云って、自分の携帯電話を操作する。そして目的のナンバーが見つかったのか、通話ボタンを押して耳に当てた。

「どこにかけてんだよ」

「梶浦くんの携帯電話です」

「何でお前があいつのケーバンなんて知ってんだよ!?」

俺だって知らないのに、いったいいつ訊《き》いたんだよ！

「それはまあ、それなりに方法がありますから」

それなりって……もしかして、尚之に直接訊いたわけではなく、調べたということだろうか。

俺を心配する故《ゆえ》の行動だとしても、それはちょっとやりすぎなんじゃないのか？

「――もしもし？　古城と申しますが」

相手が電話に出たらしく、古城はいつものビジネスライクな語り口よりはややぞんざいに話し始めた。

「この度《たび》は彬さんがお世話になりました。もうご迷惑《めいわく》をおかけすることはありませんので、ご心配なく。後日、お世話になったお礼を届けます」

慇懃《いんぎん》無礼な態度とはこういうことを云うのだろうか？　口調は丁寧《ていねい》だけど、明らかに態度が冷たい。こんなに怖い古城は初めてで、俺は言葉を失った。

「何か伝えることがあったらどうぞ？」

そう告げられたあとに携帯《けいたい》を耳に押し当てられる。古城の電話の相手が尚之じゃなくて、俺を納得《なっとく》させるための演技だったらいいのにと思っていたけれど、スピーカーから聞こえてきた声は間違《まち》いなく尚之のあの低い声だった。

『……彬か？』

「なお…っ」

『ようやく、家に帰る気になったんだな』

「いや、その……」

『俺はもうお役ご免《めん》だな。古城さんと一緒《いっしょ》ってことは、上手《うま》くいったってことだろ？』

「――――」

『よかったじゃないか』

そっけなく告げられたその瞬間《しゅんかん》、悲しみと怒りと苛立ちが綯《な》い交ぜになって襲《おそ》ってきた。

自分ではどうにもできないもどかしさに、俺は押さえられていた手を振《ふ》り解《ほど》き、古城から携帯を奪《うば》い取って電話口に怒鳴《どな》りつける。

「尚之のバカッ!!」

『彬？』

「お前なんて大っ嫌《きら》いだ!!」

そう叫《さけ》んで携帯電話を床《ゆか》に投げつける。

自分が癇癪《かんしゃく》を起こしてる自覚はあったけれど、もう理性で制することはできない。だって俺はたったいま、自分の中にある本当の気持ちに気づいてしまった。

「彬さん！」

「触《さわ》るな…っ」

どうして？　いつの間に？

何で今まで気がつかなかったんだ？

いくつもの疑問符《ぎもんふ》が浮《う》かんでくるけれど、そのどれにも答えは出てこない。

唯一《ゆいいつ》、わかるのは胸の内で大きくなっていたこの気持ちだけ。

――俺、尚之のことを好きになっちゃってたんだ……。

「彼が好きなんですか？」

「……っ」

淡々《たんたん》と問いかけられ、息を呑《の》んだ。戸惑《とまど》う俺に、古城は冷たい言葉を云い放った。

「それは錯覚《さっかく》してるだけですよ。体を重ねてしまったから、そう思い込んでるだけでしょう」

「お前に何がわかるんだよッ!?」

たったいま気づいたばかりの気持ちを否定され、俺はカッとなり声を荒《あら》らげた。

何もかもわかったような顔をして、事も無げにそんなことを告げてくる古城に俺は心から苛《いら》立《だ》ちを覚える。

「私は生まれたときからあなたのことを見てきたんです。少なくとも、あなたよりはあなたのことをわかってますよ」

「偉《えら》そうなこと云うなっ」

「あなたには何もかも、私が教えてあげるつもりだったんですけどね。まさか他の男に先に手をつけられるとは思ってもいませんでした」

「な…何云ってんだよ、古城……」

ため息混じりの言葉に、俺は耳を疑った。

教えるとか手をつけるとか、いったい何の話をしてるんだ⁉

「ずっと、大事にしてきたんです。好奇心旺盛なのも結構ですが、今回ばかりは許し難《がた》い」

初めて見る表情に怖くなり、俺は伸《の》ばされた古城の手の届かない場所まで逃《に》げる。そして、
胸に凝《しこ》りとなって閊《つか》えていた思いをぶちまけた。

「どうせ、母さんの身代わりなんだろ⁉　俺のことなんて本当はどうでもいいくせに‼」

「……やっぱり、あのとき聞いてたんですね」

「云い訳くらいしろよっ‼」

眉《まゆ》一つ動かさない古城へのもどかしさを、俺は拳《こぶし》を壁に叩《たた》きつけることで訴《うった》える。

ジンと痺《しび》れるその手よりも、胸が、心臓が張り裂《さ》けそうに痛かった。込《こ》み上げてくる涙《なみだ》を
唇《くちびる》を嚙《か》みしめて堪《こら》え、必死に目の前の男を睨《にら》みつける。

「云い訳も何も、誤解してるのはそっちでしょう。あなたを奥様の身代わりにしていたわけで
はありません」

「でもっ、兄貴の言葉を否定しなかったじゃないか‼」

俺を身代わりにするなという兄貴の言葉に、古城は黙《だま》り込んだだけだった。

それは図星を指されたからではなかったのか？

「確かに昔はあの方を想《おも》ってましたよ。想いが叶《かな》わないことはわかってましたが、結婚《けっこん》もでき

ないような相手の子供を産むと知ったときは本当にショックでした」

「ほら、やっぱり――」

「最後まで聞いて下さい。ショックは受けましたが、生まれたあなたのお世話を任されるようになって、私は救われたんです。憎《にく》しみでいっぱいだった私を、あなたは澄《す》んだ眼差《まなざ》しでまっすぐ見てくれた。無邪気《むじゃき》なあなたの笑顔《えがお》を見て、一生傍《そば》にいようと思ったんです」

「古城……」

初めて知らされる古城の想いに、俺は困惑《こんわく》してしまう。

「身代わりと云《い》われて否定できなかったのは、ほんの一瞬、過去をやましく思ったからです。だけどいま、あなたを想う気持ちに偽《いつわ》りはありません」

「な…何だよ、それ……」

「あなたが私に好意を向けてくれていることは知っていました。だって、私以外に目が行かなくなるくらい、大事に大事に育ててきたんですから。だけど、まだあなたは子供でしょう？気づかないふり以外、何ができるというんですか」

「こ、子供子供って、俺はもう十七なんだぞ……」

たじろぎながらも反論すると、暗い炎《ほのお》の宿った瞳《ひとみ》を向けられる。

「だったらもう、大人として扱《あつか》いましょうか？」

「何を――」

古城は強張《こわば》って自分では動けない俺の顎《あご》を持ち上げると、突然《とつぜん》、唇を塞《ふさ》いできた。

だけど、腰《こし》を引き寄せられ、こじ開けられた口の中に舌を捩《ね》じ込まれた瞬間、俺は反射的に古城を平手打ちしてしまった。

「……っ!!」

何で……何で、キスなんか――。

もう、わけわかんねーよ！

混乱から逃げ出したくて、俺は部屋を飛び出すと闇雲《やみくも》に走った。廊下《ろうか》を走り、エレベーターを待ってもいられずに階段を駆《か》け下りる。

迫《せま》る夕闇はまるで俺の不安を表しているかのように、いつもとは違《ちが》った色をしていた。

「進歩ないよなぁ、俺も……」

結局、行く当てもない俺はあの公園に辿《たど》り着いた。

この間と同じようにブランコを漕《こ》ぎながら、さっきのことを考える。

告白された内容にもビックリしたけど、まさか古城にキスなんかされるとは思わなかった。

ずっと、恋愛《れんあい》対象にはなれないものだとばかり思っていたから、未《いま》だに信じられない。もしかしたら、夢か何かなのではないかとさえ考えてしまう。

「……でも、どうして嫌《いや》だと思ったんだろう？」

ずっと好きだった古城にキスされたのに、嬉《うれ》しくも何ともなかった。嫌悪感《けんおかん》というよりは、強烈《きょうれつ》な違和感《いわかん》。いや、罪悪感に近かったような気がする。

尚之のことを好きになっていたことに気づいたからって、古城のことを嫌いになったわけではない。いままで通り、あいつは俺にとって大切な存在だ。

――そういえば、少し前にも似たようなことを考えたことがあったよな……。

尚之に頼《たの》み込んで抱《だ》いてもらったあと、俺は古城とああいうことがしたいのだろうかと自問してたんだ。そのときは古城とキスしたりエッチしたりすることを想像することができず、思考を放棄《ほうき》したのだが、いまなら何となくわかる気がする。

俺の古城への気持ちは、性欲を伴《ともな》わない好意、つまり恋愛感情ではなかったのか……？

『好き』という言葉は一つしかないけれど、その種類は一つきりじゃない。

幼い頃《ころ》、父親なしで育った俺には古城が父であり母であり兄だった。

癇《かん》の強い俺を持て余し、まともに相手をしてくれない母親よりも根気よく面倒《めんどう》を見てくれる古城のあとばかりを追いかけていた。

恋《こい》だと思っていた気持ちは、家族としての敬愛だったのかもしれない。多分、子供が母親を独占《どくせん》したいと思う気持ちのようなものだったのだろう。

それなら、古城が母を好きで俺を身代わりにしていたと聞いて、ショックを受けたことも説明がつく。自分を愛してくれているはずの母親が、そうでなかったと云われたようなものだったのだろう。

「やっぱり俺、子供じゃん」

あははと笑ったそのその弾《はず》みで溢《あふ》れた涙が、頬《ほお》を伝っていく。

母の身代わりにされているというのは誤解だったとわかったけれど、自分の気持ちも取り違えていたことに気づいたいま、どうすればいいのかわからない。

尚之が俺のことを疎《うと》ましく思っている以上、いまの恋が成就《じょうじゅ》する可能性はない。尚之に恋していると気づいたと同時に、失恋も決定的なものになってしまったのだ。

こうやって、俺が落ち込んでいるときはいつも隣《となり》に尚之がいてくれた。

自分より体の大きなイジメっ子に向かって行けたのも、本当は弱い心を強く保っていられたのも、あいつがいたからだ。

でも、いまはもう——。

「……はあ」

尚之には嫌《きら》われちゃってるし、いまさら古城の気持ちを受け入れることもできない。

でも、どれもこれも俺が悪いんだよな。

きっとこれは、古城を振《ふ》り向かせたくて尚之を当て馬なんかに使ったりしたことへの罰《ばつ》なんだ。だって、今さら尚之に好きだなんて伝えても、信じてくれないに決まってる。

「俺って、恋愛運ないよなぁ……」

というより、考えなしなだけかもしれない。

キイ、とブランコを漕いだ瞬間《しゅんかん》、ぽつりと地面に小さな染《し》みができた。その染みは少しずつ増えていき、俺のコートの色も徐々《じょじょ》に変わってくる。

降り出した初めは小雨《こさめ》だったけれど、どんどん雨脚《あまあし》が強くなってきた。濡《ぬ》れていく服に体温を奪《うば》われ、体が冷えていく。

「くしっ」

寒さに手足が震《ふる》えてくる。歯の根もだんだん合わなくなってきた。

けど、行くとこないもんな……。

こんな顔で兄貴のところに行ったら、絶対に心配される。それで事情を話さなかったら、古城に連絡《れんらく》が行ってしまうに違いない。

こうして一晩頭を冷やせば、混乱した気持ちも落ち着くだろうか？　何もかもなかったこととして振る舞《ま》えるようになるだろうか？

くしゅっと二度目のくしゃみをしながら途方《とほう》に暮れていると、車が急停車する音が聞こえた。

「彬さん！」

自分を呼ぶ声にギクリとし、俺は思わずブランコから腰を浮《う》かす。

恐《おそ》る恐る公園の入り口のほうへ顔を向けると、血相を変えた古城が立っていた。

「ああ、こんなに濡れて。早く車に乗って下さい。風邪《かぜ》を引いてしまいます」

「……っ」

駆け寄ってきて、俺に傘《かさ》を差しかけようとした古城から逃《に》げるように後退《あとじさ》ってしまう。

「……彬さん。さっきは申し訳ありませんでした。私も少し混乱していたようです。もう、あんなことはしませんから、帰りましょう」

「…………」

古城に懇願《こんがん》されたけれど、俺はどうしても、差し出された手を取れなかった。

古城が怖《こわ》いわけじゃない。だけど、古城の気持ちを知ってしまったいま、もう昔のように無《む》邪気《じゃき》にその手を取ることもできない。

そのことが俺を臆病《おくびょう》にさせていた。

「彬さん」

「俺――」

震える声で自分の気持ちを伝えようとしたとき、ばしゃばしゃと走る足音が聞こえてきた。

きっと、その足音の人物も帰宅途中《とちゅう》に雨に降られたのだろうなどと頭の隅《すみ》で考えていると、足音が一旦《いったん》止まり、そして近づいてきた。

「彬」

……まさか……。

ドクン、と心臓が大きく高鳴る。

速まる鼓動《こどう》に鎮《しず》まれといくら命じても、それは激しくなるばかりで。俯《うつむ》かせた顔を上げられないまま視線を泳がせていると、走って上がった呼吸の合間でもう一度名前を呼ばれた。

「彬」

「……っ」

「やっぱり、ここにいたんだな」

幾分《いくぶん》ほっとした声でそう告げられ、胸に熱いものが込《こ》み上げてくる。

「何しに来たんだよ…っ」

「彬に会うために決まってるだろう。さっきの電話が気になったから捜《さが》しに来た」

「捜しにって、俺がどこにいるかなんてわからないのに……」

俺の携帯《けいたい》の番号さえ知らないくせに、こんな雨の中、俺を捜すために走り回るなんてバカじゃないのか？

「そうだな。でも、会えた」

「会えなかったらどうしたんだよっ」

「そしたら、見つかるまで捜すだけだ。でも、何となくここにいるんじゃないかって思ったんだ」

「どうして」

「だから、直感。お前が呼んでるような気がしたんだ」

「……っ」

尚之の言葉に、堰《せき》を切ったように感情が溢れ出し、堪《こら》えていた涙《なみだ》が幾筋《いくすじ》も零《こぼ》れ落ちる。

「彬……」

「このバカ！　アホ！　ふざけんな!!　俺のこと嫌いなんだったら、同情もすんな!!」

尚之はしゃくり上げる俺の前に膝《ひざ》を折り、俯いた顔を下から覗《のぞ》き込んでくる。

「同情じゃないし、嫌いでもない」

「だったら、何で避《さ》けたり構ったりするんだよ!?　わけわかんねーよ!!」

その度に一喜一憂《いちゆう》する俺を見て、楽しんでんのか？

握《にぎ》りしめた手の平に爪《つめ》が食い込む。涙を拭《ふ》くことも忘れて、俺は声を荒《あら》らげた。

「……俺はずっとお前に云《い》えなかったことがあるんだ。彬さえよければ、もう一度だけチャンスをくれ」

「チャンス…？」

真摯《しんし》に告げられた言葉に、俺は見開いていた目を瞬《しばたた》いた。その弾みに、眦《まなじり》に溜《た》まっていた涙が幾筋も伝い落ちる。

ずっと云えなかったことって何だろう？

その表情は真剣《しんけん》そのもので、視線は射貫《いぬ》かれそうなくらいに鋭《するど》い。尚之に見つめられ、落ち着かない気分でいる俺を現実に引き戻《もど》したのは古城の声だった。

「彬さんをこれ以上誑《たぶら》かすのはやめて下さい。帰りましょう、彬さん」

「こ、古城」

見ると古城もかなり濡れそぼっており、傘は使われることなく閉じられている。

俺の手を摑《つか》んで連れて行こうとする古城に、尚之は食ってかかった。

「あんたにそんなことを強制する権利があるのか？　可愛《かわい》がるだけ可愛がっておいて、彬の気持ちを中途半端《はんぱ》にしてたくせに」

「それは反省していますが、それこそあなたに責められる筋合いはない」

お互《たが》い激昂《げっこう》こそしていないけれど、空気は怖いくらいぴりぴりしている。

だけど、果てしなく続きそうに思えた一触即発《いっしょくそくはつ》の睨《にら》み合いは、俺のくしっというくしゃみの声で途切れた。

「彬、大丈夫《だいじょうぶ》か？」

「大丈夫だって！　ちょっと寒いだけで……」

「帰りましょう、彬さん」

「こ、古城…っ!?」

「早く体を温めないと本当に風邪を引きます」

古城は俺を連れて行こうとしたけれど、俺は思わず摑まれた手を振り払《はら》ってしまう。

振り返った古城の表情には、動揺《どうよう》が滲《にじ》んでいた。

「彬さん……」

古城のこんな顔、生まれて初めて見る。でも俺は、古城と一緒《いっしょ》に帰ることはできなかった。

「――ごめん、古城。俺、帰れない」

「やっぱり、さっきのことを気にしてるんですか？」

「違《ちが》うっ、そうじゃなくて」

「だったら、何故《なぜ》」

気にならないと云ったら噓《うそ》になる。古城に対しても、ちゃんと向き合わなくてはいけないこともわかってる。

だけど、いまはまず自分の中にある気持ちに、俺は整理をつけたかった。

「家にはちゃんと帰るから、もう一日だけ好きにさせて。尚之の話もちゃんと聞きたいし、俺も自分の気持ちをちゃんと伝えたい」

きっぱりと云いきると、尚之が俺の名前を呼んだ。

「彬…」

「俺、このままじゃ一生後悔《こうかい》する。だから、お願いします」

がばりと深く頭を下げてから気がついた。

こうやって古城に真剣に頼《たの》みごとをするなんて、多分生まれて初めてのことだ。

いつもいつも、ただ甘えてばかりいて、俺の願いを全《すべ》て叶《かな》えてくれていた古城。だけど、そんな相手と恋愛《れんあい》なんかできるわけがなかったんだ。相手にとって俺は、対等ではなかったんだから。

「……わかりました」

「え？」

下げていた頭を上げると、古城はすでに俺に背中を向けていた。

「あ……」

「……一日だけですよ」

「！」

硬《かた》い声で告げられた一言に、俺は目を見張る。

「明日、お迎《むか》えに上がります。そのとき風邪《かぜ》を引いていたら、当分外出禁止です」

「うんっ」

古城は手にしていた傘《かさ》をやや強引《ごういん》に尚之に押しつけると、一度もこちらを振《ふ》り向くことなく行ってしまった。

古城の乗り込んだ車が見えなくなるまで見送っていると、ふいに頭上に傘がバサリと広げられる。

「……尚之」

「俺んちに来るだろ？」

「……うん」

俺は降りしきる雨の中、尚之の問いかけに小さく頷《うなず》いた。

公園からマンションまで、俺は緊張《きんちょう》で一言も喋《しゃべ》ることができなかった。

半日ぶりに足を踏《ふ》み入れた尚之の部屋の玄関《げんかん》で、足を止める。

「どうした？」

「俺、ここでいいよ。こんな格好で上がったら、部屋汚《よご》しちゃうし」

濡《ぬ》れ鼠《ねずみ》のようだというのは、こういうことを云うのだろう。染《し》み込んだ雨が下着まで濡らし、べったりと張りつく感触《かんしょく》が気持ち悪い。

「あとで掃除《そうじ》すればいいんだから、気にするな」

「でも、ここでいい。俺は、二人で話ができればいいだけだから」

「……わかった。とりあえず、タオル持ってくるから待ってろ」

俺が固辞すると、尚之は一人、奥へと向かう。俺はその間にすっかり水気を吸ったコートと制服の上着を脱《ぬ》ぎ、邪魔《じゃま》にならないよう廊下《ろうか》の端《はし》のほうに、畳《たた》んで置いた。

湿《しめ》った薄手《うすで》のセーターまで脱ぎ去ると、体がだいぶ楽になる。

そうこうしている間に何枚ものバスタオルを持って、尚之が戻ってきた。

「寒くないか？　一応空調は強めてきたんだが。風呂《ふろ》もいま入れてきたから、すぐ溜まるはずだ」

肩《かた》と頭にタオルをかけられ、がしがしと髪《かみ》を拭かれる。

「へ、平気だよ。話し終わったら帰るし。それに俺、昔から風邪あんま引かないし」

俺バカだからさ、と冗談《じょうだん》を云うと頭を拭く手つきがさらに乱暴になった。

「そういう問題じゃない」

「わっ」

ぐらぐらと揺《ゆ》れる頭に目が回りそうになる。

「ちょっ、自分でできるって！」

「いいから、黙《だま》ってろ」

強い口調で云われ、俺は渋々《しぶしぶ》と押し黙る。大人しくされるがままになっていると、尚之の手つきも徐々《じょじょ》に丁寧《ていねい》になっていった。

尚之だって濡れているのに、自分は後回しにして俺の世話ばかり焼いて……まるで、昔の俺みたいだ。

俺がそんなことを考えていたら、尚之も同じようなことを思い出していたらしい。

「――昔は、俺のほうがお前にこうしてもらってたのにな」

「そうだよ。さっさと一人でデカくなりやがって」

小さい頃《ころ》の尚之は、食事をするのも着替《きが》えるのも人一倍遅《おそ》かった。

そんな尚之を手伝って、全てが終わるのを横で待つのは俺の役目だったのに、そういえばいつからこいつは手がかからなくなったんだろう？

「彬《の》だって伸びてるだろう」

「俺はお前みたいに、もっとデカくなりたいんだよっ」

兄貴は高校入ったときに、もう身長が一八十センチ超《こ》えていたと云《い》っていた。だからきっと、俺も中三あたりでぐんと伸びると思っていたのに。

「……俺はずっと早くお前を追い越《こ》したかった」

「え…？」

「守ってもらうばかりで彬の足を引っ張っていた自分がもどかしかった」

まるで自分に云い聞かせるように呟《つぶや》く尚之の顔を見上げようとしたけれど、俺の髪を拭《ふ》いていた手がそれを阻《はば》む。

「中三の修学旅行覚えてるか？」

「……覚えてる…けど……」

唐突《とうとつ》な話題の転換《てんかん》に戸惑《とまど》いながら返事をする。

「前から違和感《いわかん》は感じていたが、自分の中にある気持ちにはっきり気づいたのはあのときだ」

「気持ち？」

さっきから尚之の話は要領を得ない。わざとぼかされた部分を問い返すと、尚之はしばしの沈黙《ちんもく》のあと、静かに告げた。

「お前を好きだって」

「——!!」

予想外の言葉を告げられ、頭の中が混乱する。

「それまでは友人としての好意だと思ってた。いや、そうだと思い込もうとしていたんだ。だけど、修学旅行でホテルで同室になったとき、無防備に眠《ねむ》るお前に欲情する自分をもう誤魔化《ごまか》せなかった」

「よ……」

欲情ってお前……そんなサラリと口にすることか!?

真顔で語られる過去に、俺は二の句が継《つ》げない。

「お前が古城さんのことを好きなのは知っていた。だから、この気持ちを伝えるつもりはなかった。俺のことを親友だと云ってくれるお前を失いたくなかった。……だけど、いつまでも理性を保っていられる自信も俺にはなかったんだ」

「それで、俺から離《はな》れてったのか…？」

「毎日毎日、好きな相手に無邪気《むじゃき》な接触《せっしょく》をされて我慢《がまん》できると思うか？　何度、襲《おそ》いたくなったのを我慢したと思ってるんだ」

「うっ……。で、でも、俺はお前に避《さ》けられるようになって、本当に悲しかったんだぞ！　理由くらい話せばいいだろ!?」

尚之に何かしたのかなってたくさん考えて、それでもわかんなくて、一晩中泣いた夜だってあった。あの夜を思い出し、俺は口調を強めてしまう。

しかし、尚之の一喝《いっかつ》に体が竦《すく》んだ。

「話してどうなる！」

「……っ」

「俺が好きだなんて云ったら、絶対に困っただろう？　ぎこちない態度を取られて、避けられるくらいなら諦《あきら》めたほうがまだマシだと思ったんだよ！」

「尚之……」

捲《まく》し立てられる内容に、俺は一つも反論ができなかった。確かに当時の俺が尚之に告白されていたら、不信に思っていただろう。

親友だと思っていたのに、と――。

「先週、公園で見かけたとき、本当は声をかけるつもりなんてなかったんだ。だけど、泣きそうなお前の顔を見ていたら、足が勝手に動いてた」

声を掛《か》けるだけで終わろうと思ったのに、結局、俺を自宅に連れ帰った自分自身にも驚《おどろ》いたと尚之は呟いた。

「失恋《しつれん》したって聞いて、動揺《どうよう》した。チャンスかもしれないと思いながら、弱ってるところにつけ込むなんて卑怯《ひきょう》だろうとも思った。なのに、お前が抱《だ》いてくれなんて云い出すから、本当に驚いた」

「……う……」

そりゃ、驚くよな……。

俺だっていきなり友達にあんなこと云われたら、思いっきり引くと思う。

あのときの俺は本気で大真面目《おおまじめ》だったけどさ……。

「抱いてる間中ずっと、夢でも見てるんじゃないかって思ったよ。自分の腕《うで》の中にお前がいるんだからな」

しかも全《すべ》てが初めてだと聞いて浮《う》かれていたと告げられて、俺はますます穴を掘《ほ》って入りたくなった。

タオルで隠《かく》れてはいるけれど、多分、顔は見る見るうちに赤く染まっていっている。

「お前が俺を口実に使ってるのを見て、俺もそれを利用することにした。気持ちが無理でも、体だけなら手に入れられる——そう思って」

「だから、あんな契約《けいやく》を……？」

「けど、体だけでいいなんて嘘《うそ》だよな。傍《そば》にいればいるほど、虚《むな》しさが募《つの》っていったよ。お前と一緒《いっしょ》にいて思い出したんだ。お前の口からあの人の名前を聞くのが辛《つら》くて離れようとしたことを」

「…………」

「お前の気持ちを利用して悪かった。本当は、お前に抱いてくれって云われたときに止《や》めるべきだった。だから、一度ちゃんと謝りたかったんだ」

「……っ」

俺は堪《たま》らなくなって、目の前の尚之の体に抱きついた。濡《ぬ》れた体を厭《いと》わず、力いっぱいしがみつく。

「彬？」

「……俺こそ、ごめん」

わがままで無神経で鈍感《どんかん》でごめん。

ずっと一緒に過ごしてきたのに、尚之の気持ちに気づかなくて。

「彬が謝ることはないだろう？　俺が勝手に空回ってただけなんだから」

「俺、さっき古城と話してて気づいたんだ。自分の間違《まちが》いに」

「間違い？」

「ずーっと、俺は古城のことが好きなんだと思ってた。早く大人になって振《ふ》り向いてもらおうと思って、尚之にもあんなこと頼《たの》んだりしたけど、さっきやっとわかったんだ。古城に恋《こい》してるわけじゃないんだって」

「どういう意味だ?」

「その…お前に抱かれて考えたんだ…。俺は古城とこういうことがしたいのかなって。でも、答えはそうじゃなかった。多分、俺は恋に恋して、一番身近で大切な人に疑似恋愛《ぎじれんあい》してたんだよ」

「でも、お前はあんなに辛そうにしてたじゃないか」

悄然《しょうぜん》と落ち込む俺の姿を見ている尚之は、なかなか俺の云うことを信用しようとしてくれない。

それはそうだと思う。あんなに古城を好きだと云っていたのに、急に違っただなんて云っても嘘くさいよな……。

「……古城は俺にとって、父親で母親で兄貴みたいなもんだったんだ。そいつが俺を他の人間の身代わりに可愛《かわい》がってるだけだったって知ったら、誰《だれ》だってショックだろ?」

そう云うと、尚之の体が瞬時《しゅんじ》に強張《こわば》ったので、それは誤解だったとすぐにつけ加えた。

「お前に『よかったな』って云われた瞬間、物凄《ものすご》い悲しくて辛くて……それで…」

続ける言葉は頭に浮かんでいるのに、なかなかそれを音にできない。

何度も口を開いては閉じを繰《く》り返したあと、俺は大きく深呼吸をした。緊張《きんちょう》に震《ふる》える唇《くちびる》をどうにか動かし、ゆっくりと自分の気持ちを尚之に告げる。

「俺は、お前が好きなんだってわかったんだ」

途端《とたん》、尚之は肩《かた》をがしっと摑《つか》んで引き離し、俺の顔を凝視《ぎょうし》してきた。

「……いま、何て云《い》った？」

幽霊《ゆうれい》でも見ているような表情で見つめられると、何となく気まずい。信じられないと云わんばかりに問い返された俺は、仕方なく自棄《やけ》になって云い放った。

「お前が好きだって云ったんだよ！」

こんなこと、二度も云わせるなよ、このバカ！

そりゃ、信じられないって気持ちは俺にだってあったから、尚之ばかりを責められないけど、両想《りょうおも》いだってわかったんだからもうちょっといい雰囲気《ふんいき》になってもよくないか？

見つめ合うというより、睨《にら》み合ってるって云ったほうが近いこの状況《じょうきょう》はどうなんだろう。

俺はこの微妙《びみょう》な空気をどうにかしようと、思いついたことから口にしていく。

「そ、そういえばさ、よく考えたら俺、初恋はお前なんだよな」

「どういうことだ？」

「ウチの前で初めて逢《あ》ったときに一目惚《ひとめぼ》れ。お前んとこのおばさんに仲よくしてねって云われて、すっごい嬉《うれ》しかったんだ」

「……彬……」

戸惑《とまど》った声で名前を呼ばれたけれど、勢いのついてしまった喋《しゃべ》りはなかなか止まらない。

「嫁《よめ》にするってのも結構本気だったし。男同士じゃ結婚《けっこん》できないって知ったときはショックだったけど、だったら兄弟になればいいじゃんって思ってたんだよな」

兄弟って関係になればずっと一緒にいる理由ができる、そう思って。

当時は深い知識もないままそんなことを考えてたけど、男同士で結婚したい場合は養子縁組《えんぐみ》で籍《せき》を入れるというのが一般《いっぱん》的な方法なんだよな。

古城を好きだと思っていたときに俺なりに色々調べてみた結果、そういう手段があるって知った。籍を入れるという行為《こうい》には変わりがないわけだし、同じ名字になって家族になれるんだもんなと感心した覚えがある。

「ちょっと待て……彬……」

「だいたい、好きでもない相手とエッチなんかできないと思わねえ？　そりゃ、女の子に興味がないわけじゃないけどさ」

「彬」

「まあ、世の中にはできるやつもいるかもしんないけど、俺だったら無理だなーって。古城とだって想像つかないし、他のやつになんかもっと無理」

「いいから、もう――」

「あんな恥《は》ずかしいとこ見せるなんて、お前以外は絶対考えられないって云うか——ん、ぅん…ッ」

気恥ずかしさにべらべらと喋り続けていた口を、とうとう塞《ふさ》がれてしまった。ぶつけられた唇の感触《かんしょく》に息を呑《の》むと、尚之は一旦《いったん》唇を離《はな》す。

タオルが視界を塞いでいるせいで、目を開けても尚之の顔は見えない。

「——お前は人の理性を試《ため》してるのか？」

「べ、別にそんなつもりは……」

なかったんだけど……。

吐息《といき》がかかる距離《きょり》で甘く詰《なじ》られる。ちらりと上目遣《うわめづか》いで尚之の様子を窺《うかが》うと、口元は不機嫌《ふきげん》そのものの形に引き結ばれていた。

「なくても、俺はもう限界だ」

「んく…っ、んん……」

俺は体を壁《かべ》に押しつけられ、また口づけられた。押し当てられた唇は冷たかったけれど、歯列をこじ開けて入ってきた舌は震えがくるほど熱い。

尚之の苛立《いらだ》ちそのままに口腔《こうこう》を酷《ひど》く掻《か》き回され、頭がぼうっとなっていった。

「んん……ぅ……」

震える指先で尚之の濡れた服を摑み、お互《たが》いの体温を分け合うようにして口づけを交《か》わす。

愛《いと》しさを自覚して初めてのキスは、頭の芯《しん》がぞくぞくと痺《しび》れるほどに甘かった。

尚之の背中に腕を回してしがみつくと、腰《こし》を強く引き寄せられ、それまで以上に濃厚《のうこう》に舌が絡《から》みつく。ざらりと擦《こす》れる舌に吸いつき、混じり合う唾液《だえき》を飲み下すと、仕返しをされるように絡め取られた舌先を甘嚙《が》みされた。

「はっ……ぁん、んっ…ふ……」

息苦しさに喘《あえ》ぐと、尚之は名残惜《なごりお》しげに顔を上げる。唾液に濡れた唇に視線を奪《うば》われたあと、その眉間《みけん》に深い皺《しわ》が刻まれていることに気がついた。

何を怒《おこ》っているんだろうと不思議に思っていると、獣《けもの》のように首筋に嚙みつかれる。

「あ…っ」

ぞくりと四肢《しし》がわなないた。

歯を立てられ、微《かす》かに痛むそこをねっとりと舐《な》められ、濡れたシャツの貼《は》りつく肌《はだ》を忙《せわ》しなく撫《な》で回される。

「ちょっ…なお！　ここ、玄関《げんかん》…っ」

キスだけで終わるとばかり思っていた俺は、そこから先の行為までしようとする尚之に慌《あわ》てた。

「そんなこと知るか。煽《あお》ったお前が悪い」

「人のせいにすんなっ！　っあ!?」

布越《ご》しに寒さに尖《とが》った胸の先は簡単に探《さぐ》り当てられ、二つ同時に捏《こ》ねられる。硬《かた》くなっていたそこを強く摘《つま》まれた瞬間、喉声《のどごえ》を鳴らしてしまった。

顎《あご》のラインを辿《たど》っていた尚之は、唇で俺の耳朶《みみたぶ》を甘く食《は》み、耳の中に舌を差し込んでくすぐってくる。

鼓膜《こまく》のすぐそばで聞こえるぴちゃぴちゃという濡れた音は、流されてはダメだと訴《うった》える理性を崩《くず》していく。

「んぁ……っ、あ……あ……っ」

シャツのボタンを全《すべ》て外され冷えた肌を撫で回されると、触《ふ》れられた部分から徐々《じょじょ》に熱を持っていった。弄《いじ》られて尖りきった乳首《ちくび》は、直《じか》にそろりと撫でられるだけで痛いくらいに感じてしまう。

「いや……そこ、や……っ」

「『嫌《いや》』じゃなくて、『いい』だろう?」

「あっ、んん、んっ……」

ほぼ無意識に口をついて出る言葉を訂正《ていせい》され、鋭敏《えいびん》になったそこに噛みつかれた。ちりっとした感触に背中が撓《しな》り、突《つ》き出すようになった胸をますます強く吸い上げられる。

その間に尚之は俺のウエストからベルトを引き抜《ぬ》いて放《ほう》り、制服のズボンのホックを外した。緩《ゆる》められたウエストから冷えた手を差し込み、丸みにそって撫でてきたかと思うと、ぎゅっと鷲掴《わしづか》んでくる。

「ぁあっ！」

そして、尚之はそのまま後ろの狭間《はざま》を指で開き、その奥に秘めた窄《すぼ》まりを探り当ててきた。

固く閉《と》ざしたそこを刺激《しげき》され、内腿《うちもも》がひくりと引き攣《つ》ってしまう。

「や……っ、ここじゃ……せめて、リビングに……あっ」

「そんな余裕《よゆう》あるわけないだろう」

「……っ」

憮然《ぶぜん》として告げられたあとに太腿に押しつけられた尚之の中心は、すでに硬く猛《たけ》っていた。

張り詰《つ》めたそれを思い知らされれば、同じ男としては文句を云うこともできない。

つーか、これ……俺のせい、なんだよな……？

どうしよう……したい……かも……。

恥ずかしさはあるけれど、それ以上に好奇心《こうき》と欲情した体が俺を唆《そそのか》す。

欲望のままに俺の体をまさぐってくる尚之の体をやんわりと押し返し、おずおずと問いかけてみた。

「な、なあ…」

「ん？」

「これ、俺にさせて……」

俺は尚之の下半身に手を伸《の》ばし、布地を押し上げている器官をそっと撫でる。張り詰めたそれは、俺の手の下でびくりと跳《は》ねた。

「……本気か？」

「上手《うま》くはできないかもしんないけど、一回出しちゃったほうが楽になるだろうし……ダメ？」

「ダメだというわけじゃないが……」

尚之の歯切れが悪い。

だけど、嫌だとも云《い》われていないわけだし、してもいいってことだよな？

「じゃあ、する」

俺は上擦《うわず》る声で宣言すると、こくりと唾《つば》を飲み込んでその場に膝《ひざ》をついた。尚之のウエストに手をかけ、くつろげようとするけれど、濡《ぬ》れたベルトは硬く、なかなか外れてくれない。

どうにかベルトとボタンを外して、ファスナーを引き下げる。そうして、下着の中から昂《たかぶ》った欲望を取り出した俺は、改めて目《ま》の当たりにした尚之の昂りの大きさに息を吞んだ。

「彬、無理はしなくていい」

「……俺がしたいんだよっ」

少し怯《ひる》みはしたけど、嫌悪感《けんおかん》とか抵抗感《ていこうかん》があるわけじゃない。俺は根本に手を添《そ》えると、思いきって先端《せんたん》に唇《くちびる》を押し当てた。

「ん」

そろそろと伸ばした舌を昴りの表面に這《は》わせ、その形を辿っていく。緊張《きんちょう》のせいで初めはぎこちなかった動きも、徐々に積極的になっていった。

一生懸命《けんめい》舌を動かしているうちに、尚之のそれはさらに張り詰める。感じてくれているのだと思うと嬉《うれ》しくて、俺はその行為に夢中になった。

「ん……ん…っ」

一方的にしているだけなのに、何故《なぜ》か自分の体まで昂揚《こうよう》してくる。下腹部がジンと熱くなり、下着が窮屈《きゅうくつ》に感じてきた。

「……っは、ん……」

舐めてるだけじゃ、物足りないかも……。

尚之が自分にしてくれたことを思い出し、そんな不安に駆《か》られた俺は昴りを先のほうから口に含《ふく》んでいく。俺の顎が小さいせいか、上手く飲み込めない。

それでも必死にしゃぶりつき、苦いものが滲《にじ》み始めた先端に吸いついた。

「……っ」

尚之が息を詰めた気配を感じ、愛撫《あいぶ》に熱を込《こ》めた。自分だったらどこが感じるだろうかと考えながら唾液で濡れた部分を指で擦り、括《くび》れを唇で締《し》めつける。

くしゃりと髪《かみ》に差し込まれた尚之の指に力が入ったことを察した俺は、先端を舌で刺激しつつ、吸い上げた。

すると、くっと軽く髪を引っ張られ、顔を上げるよう促《うなが》される。

「気持ちよくない…？」

「バカ……よすぎて困るんだよ」

「よかった」

下手くそすぎて話にならないと云われなくてよかった。

ほっとした俺は、再び猛る尚之自身をくわえようとしたけれど、制止させられてしまった。

「もういい」

「何で」

「何でもだ」

「やだ、お前がイクまでする」

俺ばっかり、恥《は》ずかしいとこ見られてるなんて狡《ずる》い。

無理矢理に昴りを口に含み、舌を絡《から》めたけれど、尚之は俺に頭を押し返そうとする。それに抵抗しようとして、尚之のものを握《にぎ》り込んだ手に力を込めてしまった。

「く……っ」

次の瞬間《しゅんかん》、手の中のものがびくんっと震《ふる》え、生温かいものが俺の顔に飛び散った。

「え…？」

それが何なのかに気づいた瞬間、物凄《ものすご》い勢いで羞恥心《しゅうちしん》が込み上げてくる。

きっと、不意の刺激が引き金を引いてしまったんだろう。尚之にとっても不本意だったらしく、苛立《いらだ》った様子で悪態をついた。

「バカ、だから云っただろう……」

「ごめん……そうじゃない」

「……上手くできなくて……」

「？」

上手くできなかったことを責めているんじゃないなら、何なんだ？

イッたってことは、それなりに気持ちよかったってことだよな？

「だから、そんな無防備な顔で俺を見るな」

「え……？」

「わからないならいい。——自分で立てるか？」

「あ、うん」

尚之の苛立ちの理由もわからないまま、差し出された手を支えにして立ち上がる。

だけど、思っていた以上に足にきていたらしく、よろけて尚之のほうに倒《たお》れ込んでしまい、頼《たよ》りない体を支えてもらう。

「ご、ごめ……」

「力が入らないなら、俺の首に摑《つか》まってろ」

そう云われた直後、制服のズボンを下着ごと一気に下げられた。興奮し、熱を持った肌《はだ》がひやりとした外気を感じる。

尚之は俺の顔を汚《よご》していた体液を指で掬《すく》い取ると、後ろの狭間を押し広げ、露《あら》わにした窄まりに汚れた指を突き入れた。

「ぅあ…っ」

身構える前だったためか、尚之の指はすんなり俺の中に飲み込まれる。反射的に入り口がきゅっと締まったけれど、一度入り込んだ指は躊躇《ためら》いもなく奥へと進んでいった。

俺はいまにも頽《くずお》れてしまいそうな体を支えようと、腕《うで》を伸ばして尚之の首にすがりつく。荒《あら》っぽく狭《せま》い器官を押し広げられ、指を締めつける入り口を揉《も》み解《ほぐ》される。強引《ごういん》に抜《ぬ》き差しされると、滑《ぬめ》りが足りないせいか、内壁《ないへき》が引き攣《つ》れた。

「いっ……あ、あ…っ」

それでも強引に中を掻《か》き回され、痛みに上擦った声が上がってしまう。

「痛いか?」

「ぅん…っ、あっ、あ…ん…ぁあ……っ」

こくこくと頷《うなず》くと、粘膜《ねんまく》を擦っていた指に的確に敏感《びんかん》な場所を強く押され、びくっと体が跳ねた。同時にぞくぞくと背筋が痺《しび》れ、それが頭のてっぺんまで突《つ》き抜ける。

尚之の指は俺を容赦《ようしゃ》なく責め立て、混じり合う痛みと快感にひっきりなしに嬌声《きょうせい》が上がる。

執拗《しつよう》に指を動かされていくうちに、その痛みすら快感へと変わっていった。

「あ…っ、ぁあっ、あっ」

今日はまだ触《ふ》れられていない自身は、気づけば芯《しん》を持って勃《た》ち上がってしまっている。後ろを弄《いじ》られる気持ちよさに身悶《みもだ》えると、尚之の体に擦《こす》れ、その感触《かんしょく》にも感じてしまう。

体内を掻き混ぜる指の動きに追い立てられ、イキそうになった瞬間、ずるりと指が引き抜かれた。

「…っあ!?」

尚之は喪失感《そうしつかん》に戸惑《とまど》う俺の膝の辺りにわだかまっていた制服を蹴《け》り落とし、無理矢理に片方の足を持ち上げた。その不安定さに俺は思わず、しがみつく腕に力を込める。

尚之はそんな俺を壁《かべ》に押しつけ、もう一方の足まで掬い上げてしまった。

「やっ、嘘《うそ》……っ」

浮《う》き上がった体は、尚之の首にしがみついた腕と壁に押しつけられた背中だけが支えとなる。

足を大きく開かされ、体の中心に熱いものが触れた。

「……ごめん、もう挿《い》れたい」

欲情の滲む声と押し当てられた灼熱《しゃくねつ》にぶるりと震《ふる》えた俺の体を、尚之は太い楔《くさび》で一息に貫《つらぬ》いてくる。

内部はピンと張り詰め、いまにも破けてしまいそうな錯覚《さっかく》がする。

「…っ、あー…っ!!」

自分の重みも加わり、深い場所まで昂りを飲み込んでしまった。充分《じゅうぶん》に解されきっていない

その上、内臓を押し上げられるような圧迫感《あっぱくかん》と爛《ただ》れてしまいそうなほどの熱さに目眩《めまい》がした。

「彬、大丈夫《だいじょうぶ》か？」

「だいじょ…ぶ、じゃない…っ」

「……悪い。でも、早くお前が欲しかったんだ」

「ばかっ…」

痛いし、苦しいし……でも、掠《かす》れた声でそんな甘い言葉を囁《ささや》かれてしまえば、体の芯から溶《と》かされていってしまう。

俺の体が馴染《なじ》むまで待つつもりなのか、尚之は深く貫いた体勢のまま動きを止めた。そのせいで、俺の中に埋《う》め込まれたものの大きさや形を強く意識してしまう。

こうしている間にも下腹部の疼《うず》きは増していき、もどかしさが募《つの》っていく。

「……も、いいからっ」

「彬…？」

「痛くてもいいから…っ」

早く動けと耳元で小さく告げると、剣呑《けんのん》な声音《こわね》で囁き返された。

「——後悔《こうかい》するなよ」

後悔なんかするわけない。そう云《い》い返した途端《とたん》、息が止まってしまうほど強く穿《うが》たれる。体の奥を抉《えぐ》られ、内壁を擦《こす》られるその感触は、どうしようもなく気持ちいい。

「ひぁ…っ、あっ、ああ…っ」

ガクガクと揺《ゆ》さぶられると、抱《かか》え上げられている不安定な体勢のせいで、いままでにはなかった角度で突き上げられる。

絡みつく粘膜は激しい摩擦《まさつ》に蕩《とろ》けてしまいそうなくらい熱くなった。

「や…すご、熱……っ」

乱暴に腰《こし》を打ちつけられ、体内を掻き回され、意識が霧散《むさん》していく。振《ふ》り落とされそうな激しさについていくのが精一杯《せいいっぱい》で、俺は必死に尚之にしがみついた。

「なお…っ、あっ、い…いい…っ」

「ここがいいのか？」

「あぁあ…ッ、そこ、んぁ…っ」

張り詰めて、尚之の腹部で擦れる自身が感じすぎて痛い。

トロトロと零《こぼ》れる体液が伝い落ち、繋《つな》がった部分を濡《ぬ》らした。その滑りが尚之の与《あた》えてくれる律動をなめらかなものにし、ぬるぬると擦れる入り口が快感を増幅《ぞうふく》させる。

「ぅあ…っ、あぁっ、やっ、…っく」

激しい揺さぶりに頭の中までぐちゃぐちゃに掻き回されているみたいだ。

膨《ふく》らみきった欲望を堪《こら》えているのは、もう限界だった。

「も、だめ…っ、いっちゃ……」

「ああ、俺もだ」

早く、いますぐにこの熱を解放したい……でも——。

「一緒《いっしょ》、が…いい……っ」

そうねだると、腰を穿つ動きが一層激しくなった。

激情をぶつけるようにガンガン突き上げられ、ひくつく粘膜を酷《ひど》く擦り上げられる。

「ぁあ…っ、あっ、あっ」

膝裏《ひざうら》を摑む手に力が籠《こ》もったかと思うと、俺を貫いていた楔がギリギリのところまで引き抜かれた。芯を失い一旦《いったん》収縮した内壁を押し開きながら、尚之は最奥《さいおう》まで入り込む。

「ああぁ…ッ!!」

その瞬間《しゅんかん》、目の前がチカチカと光り、頭の中は真っ白になった。

体の奥に熱いものが叩《たた》きつけられる感覚に飛びかけた意識が戻《もど》り、自分も欲望を爆《は》ぜさせていたことに気づく。

「……あ……」

下腹部がひくひくと痙攣《けいれん》するのに合わせ、昂《たかぶ》りの先端《せんたん》からは体液が溢《あふ》れ出る。

全身を包む倦怠感《けんたいかん》と絶頂の余韻《よいん》にぼーっとしていたら、尚之が俺の顔を覗《のぞ》き込むようにしてきた。どちらともなく視線を絡《から》め、誘《さそ》われるようにして口づけを交《か》わす。

「……好きだよ、彬」

「俺も、好き」

たった二文字の言葉がこんなに重みを持っていることに、いま初めて気がつく。込み上げてくる愛《いと》しさに口元を綻《ほころ》ばせると、尚之もつられたように微笑《ほほえ》んだ。その笑顔は初めて出逢《であ》ったときと同じように、俺の胸を切なく締《し》めつける。

もう一度とキスをねだると、尚之はまるで誓《ちか》いを立てるかのように優《やさ》しく俺に口づけた。

5

――その無粋《ぶすい》な電話は、夜八時きっかりにかかってきた。

冬休みに入って最初の週末の今日は、クリスマスイブ。当然俺は、尚之と過ごしている。

昼間は二人でぶらぶらと街でデートし、尚之の家に帰ってきてからはレンタルしてきたDVDを見ながら、買ってきたフライドチキンと配達してもらったピザを平らげた。

あれこれと話をしているうちに、お腹《なか》が落ち着いてきた頃《ころ》を見計らって小さなホールケーキを切り分けることなく、そのまま食べてしまえと話していたちょうどそのときだ。

変えたばかりの着信音が、甘い雰囲気《ふんいき》に水を差す。

「こんなときに誰《だれ》だよ……げっ」

いつまでも鳴り止《や》まない携帯《けいたい》にうんざりして、渋々《しぶしぶ》と手を伸《の》ばした俺は液晶《えきしょう》に表示されていた名前に眉《まゆ》を顰《ひそ》めた。

「古城さんか…？」

「当たり。あーっ、もう！」

出たくはなかったけれど、ここで携帯の電源を落としでもしたら、直接乗り込んでくるに違《ちが》いない。俺はやむなく通話ボタンを押し、携帯を耳に押し当てた。

「はい、もしもし？」

『出るのが遅《おそ》いですよ、彬さん』

「何の用だよ」

『そろそろお帰りになってもいい時間かと思いまして』

「そろそろって、まだ八時だろ⁉」

『もう、八時です』

あのごたごたのあった次の日、古城は前言通り俺を迎《むか》えにきた。しかも、夜が明けたばかりの早朝に。

前日のこともあったから、どんな顔で古城に会えばいいのかと悩《なや》んでいた俺に、古城は一晩考えた結論とやらを云ってきた。

『彬さんが誰を好きになろうが、私があなたのお目付役であることに変わりはないですからね。いままで通りに接して下さって構いません。ただ、まだ高校生ですので、節度を持ったおつき合いをお願いします』

そして、これまでのように夜ふらふら遊び歩いたり、どこかで徹夜《てつや》して朝帰りしたりというのもお目こぼしなしだとつけ加えられた。

その日も遅刻《ちこく》なんかして学業を疎《おろそ》かにしないようにと無理矢理連れ戻されてしまい、尚之と恋人《こいびと》になって初めて迎える朝にしてはムードの欠片《かけら》もなくなってしまった。

親父《おやじ》に何やら進言したらしく、いままでないに等しかった門限まで作られてしまい、自由を制限された俺は、週末くらい泊《と》まったっていいだろうと主張したけれど、試験前だからと一蹴《いっしゅう》された。

せっかく尚之とつき合い始めたのになかなか二人きりの時間が作れず、やきもきしていた俺にとって待ちに待った冬休みの、しかもクリスマスイブくらい邪魔《じゃま》しないで欲しいものだ。

「……お前、最近厳しすぎやしないか？」

『以前は少々甘やかしすぎたかと反省しました。お父様とお母様にくれぐれもよろしくと頼《たの》まれている以上、責任はきっちり果たさせていただきます』

「でも、今日くらいいいだろっ」

母さんたちだって、新婚《しんこん》さながらに二人で海外旅行に行ってるんだから、俺だって一泊《いっぱく》くらいしても文句は云われないはずだ。

それに、デートも食事も楽しかったけど、本番はこれからっていうか……。

ちらりと尚之のほうを窺《うかが》うと、こっちを見ようともせず黙々《もくもく》とケーキを口に運んでいる。最近は甘いものは得意じゃないと云っていたくせに。

きっと、古城との電話がなかなか終わらないことを不満に思っているに違いない。そんな尚之の態度がいたたまれなくなり、俺はそろそろとソファーの端《はし》のほうへと移動する。

早々に電話を切らなければとやきもきしていると、古城はさっさと切り札を出してきた。

『今日は龍二さんがあなたを待ってるんですよ？　それでも、帰ってこないつもりですか？』

「え？　兄貴が？」

『彬さんのためにケーキも買ってきて下さってますよ』

「でも、奈津生《なつき》さんはどうしたんだよ。兄貴だって、あの人と過ごすんじゃないの？」

奈津生さんというのは、兄貴の恋人のこと。兄貴の経営するバーのマスター兼《けん》バーテンダーなんだけど、すっごい美人なんだ。

俺は男の人であそこまで綺麗《きれい》な人は他《ほか》にいないんじゃないかって思う。その人にベタ惚《ぼ》れの兄貴がクリスマスイブに放《ほう》っておくって考えられないんだけど。

『奈津生さんは店のほうが忙《いそが》しいようで、今日は振られてしまったようですよ』

「そ、そうなんだ……」

兄貴も大変だよな……。真面目《まじめ》な人を恋人にすると。

綺麗で優《やさ》しくて物腰《ものごし》も柔《やわ》らかいけど、頑固《がんこ》なところがあるのだと兄貴が前に愚痴《ぐち》っていたことがある。

『最近、顔も見せていないようじゃないですか。たまには兄孝行してあげたほうがいいんじゃないですか？』

「うう……」

やっぱり、兄貴のことを云《い》われると弱い。少しでも時間ができれば尚之と過ごすことにあててきたせいで、この二週間ほどは声すら聞いていない。

俺は、奈津生さんに振《ふ》られた兄貴を慰《なぐさ》めに帰るべきなのか。

『龍二さん、寂《さび》しがってますよ』

「……狡《ずる》いぞ、そういう云い方……」

『何がですか？　私は事実を述べたまでですよ』

そういうところが狡いっていうんだよ！

とは云え、古城に口で敵《かな》うなどとは思っていない。俺は反論もできずに黙《だま》り込む。

……どうしよう。

本心を云わせてもらえば、もちろん泊まっていきたい。

尚之の通ってる予備校が年内で丸々休みなのは今日と明日だけで、正月は尚之の両親と妹の紗英ちゃんが一時帰国するらしく、都内のホテルで家族で過ごす予定になっているらしい。

だから、こうして二人でゆっくり過ごせるのも、しばらくはないかもしれない。そう思うと、尚之を優先したい気持ちになるが、こんな日に兄貴が古城と二人きりってのもかわいそうな気もする。

尚之とは昼間デートもしたし、いまだって一緒《いっしょ》にメシ食ったしな……。

つーか、俺は帰らない気満々だったけど、尚之とは泊まるとか帰るとかの話をまだしてなかったような。

尚之は何も云わないけど、どう思ってるんだろう？　もしも、俺が今日中に帰るもんだと思ってるなら、ずっと居座ってるのも迷惑《めいわく》かも……。

そんなふうに気持ちが揺《ゆ》らぎかけた瞬間《しゅんかん》、携帯電話を奪《うば》われてしまった。

「なっ、尚之⁉」

俺の携帯を手にした尚之は、無表情のまま捲《まく》し立てる。

「失礼します。梶浦ですが、もう夜も遅いのでこんな時間に帰すのも危ないですから、彬にはウチに泊まってもらいます。手間でしょうから、迎えにいらっしゃらなくていいですよ。明日も自宅まで送りますからご心配なく」

そして、云いたいことだけ云うと、一方的に通話を切ってしまった。

「あっ！」

「何か異存でも？」

「いや……」

あまりに強引《ごういん》な手段に呆気《あっけ》に取られてしまったというか……。

まさか、尚之がこんなふうに割り込んでくるとは思わなかった。

「学校がある間はあっちの顔を立てておいてやったが、今日は譲《ゆず》るつもりないからな」

そう宣言した尚之は俺の携帯をラグに放り、俺のほうへと迫《せま》ってくる。あっという間に組み敷《し》かれ、捕《つか》まえられてしまった。

さっきと同じ着信音が再び鳴り響《ひび》いたけれど、尚之はそれに構うことなく俺に囁《ささや》いてくる。

「今夜は眠《ねむ》らせないからな」

「……っ、ばか……」

告げられた気障《きざ》な言葉が気恥《きは》ずかしくて、思わず悪態をついてしまう。そんな素直《すなお》じゃない口はすぐにキスによって塞《ふさ》がれてしまうのだった。

あとがき

はじめましてこんにちは、藤崎都です。

急に寒くなってしまい、夏に引《ひ》っ越《こ》しをしてからそのままになっていた段ボールを慌《あわ》ててひっくり返して冬物を漁《あさ》りました。その後の惨状《さんじょう》をこれから片づけなければならないかと思うと、頭が痛いです。

その上、案の定と云《い》いますか、気温差で風邪《かぜ》を引いてしまいました……。皆様《みなさま》は充分《じゅうぶん》お気をつけ下さいね！

さて、夏以来のトラップシリーズをお手に取っていただき、ありがとうございました！シリーズと云っても新規のキャラでの読み切りなのですが、今回は前作「束縛トラップ」でちょこっとだけ出てきた彬が主人公となっております。

久々に高校生同士のお話で、書いている私としては何だか新鮮《しんせん》な感じでしたが、読んで下さった皆様はいかがでしたでしょうか？　相変わらず、攻は高校生らしくない高校生になってしまいましたが（苦笑）、楽しんでいただけていたら幸いです。

今回は不思議と長くなってしまい、これまでの中で最多ページ数になっております。予定よりも増えてしまったぶん、締《し》め切《き》りも押してしまい、担当様には本当にご迷惑《めいわく》をおかけしました……（すみません……）。そのぶん、読んで下さる皆様に楽しんでいただけたら嬉《うれ》しいなぁと思います。

そして、ご多忙《たぼう》の中、挿絵《さしえ》をお引き受け下さいました蓮川先生にも、心からお礼申し上げます。今回も美麗《びれい》で色気のある素敵《すてき》なイラストを描《えが》いていただき、ありがとうございました!! 尚之が道着を着てるところが見たいなぁ…と秘《ひそ》かに思っていたら、何と表紙に描いていただき感激しております。堪《たま》らなくカッコよくて、眼福ものです！　蓮川先生、本当にありがとうございました!!

でも、いまさらながらに、本文でもっと部活シーンを書いておけばよかった…と後悔《こうかい》してたりします…。そうしたら、モノクロイラストでもたくさん袴《はかま》姿が見れたのに…!!

着物を見るのが好きなのですが、弓道着《きゅうどうぎ》や剣道着《けんどうぎ》などの凜《りん》とした佇《たたず》まいがとくに自分のツボらしくて、だから高校生にはその手の部活をしてるという設定を作ってしまうんですよね！

……と、私の萌《も》えツボはどうでもいいですよね（苦笑）。

ええと、紙幅も限られているので、いくつかお知らせをさせて下さいませ。

（株）ムービックさんから、ドラマCDを二枚出していただくことになりました。

一枚目の『挑発トラップ』はただいま発売中で、もう一枚の『純愛ロマンチカ2』は十二月末発売になります。キャストの皆様は次のようになっております。興味をお持ちの方は、全国の書店やCDショップやアニメイトさんなどでお手に取ってみて下さい。

二〇〇五年十月二十八日『挑発トラップ』

キャスト　篠原冬弥＝千葉進歩さん

芹沢一志＝小西克幸さん

塚崎利彦＝成田剣さん

支倉奈津生＝飛田展男さん

二〇〇五年十二月末『純愛ロマンチカ2』

キャスト　鈴木美咲＝櫻井孝宏さん

藤堂秋彦＝花田光さん

鈴木浩孝＝谷山紀章さん

そして、十月に出た『挑発トラップ』のドラマCDとキャストの皆様に書いていただいたサイン色紙を各三枚、読者様へのプレゼントとして株式会社ムービックさんよりご提供いただきました。

この本『愛欲トラップ』の感想を書いたお手紙を、左記の宛先《あてさき》まで封書《ふうしょ》でお送り下さった方の中から抽選《ちゅうせん》で三名様に、『挑発トラップ』のドラマCDとサイン色紙をセットでプレゼントいたします（担当談／笑）。

〒一〇二—八〇七八
東京都千代田区富士見二—十三—三　㈱角川書店　アニメ・コミック事業部ルビー文庫
「藤崎都・ドラマCDプレゼント」係

締め切りは、二〇〇六年一月二十日（当日消印有効）です。宜《よろ》しかったら、応募《おうぼ》してみて下さいね。

最後になりましたが、この本をお手に取って下さいました皆様に深くお礼申し上げます。本当にありがとうございました!!

感想のお手紙を下さる皆様もありがとうございます！　ちょっとずつお返事を書いてるのですが、筆が追いつかない状態で申し訳ないです…。

それでは、またいつか貴方《あなた》にお会いすることができますように♥

二〇〇五年十月

藤崎　都

KADOKAWA RUBY BUNKO

愛欲《あいよく》トラップ

藤崎《ふじさき》 都《みやこ》

角川ルビー文庫 R78-17　　14030

平成17年12月1日　初版発行

発行者——井上伸一郎
発行所——株式会社角川書店
東京都千代田区富士見2-13-3
電話/編集(03)3238-8697
営業(03)3238-8521
〒102-8177 振替00130-9-195208
印刷所——旭印刷　製本所——BBC
装幀者——鈴木洋介

ISBN4-04-445521-X　C0193　定価はカバーに明記してあります。

覚悟決めて、
俺のモノになっちまえ!
横暴・年下攻×勝ち気な子羊の
トキメキ運命ラブ☆
恋愛トラップ
藤崎 都
イラスト/蓮川 愛
校則違反常習者の後輩・日高に、突然「あんたは俺の運命の恋人だ」なんて口説かれるハメになった忍は…!?

――次はその口で、
『愛してる』って言ってみろよ。
不器用で傲慢な弁護士×
淫らなカラダを持て余す大学生の
セクシャル・アクシデント第2弾!
快感トラップ
藤崎 都
イラスト/蓮川 愛
罠にハメて振り回すつもりが、気づけば自ら弁護士・芹沢の手に落ちていた冬弥。「好きだ」と囁かれるたび離れがたくなる気持ちを誤魔化そうと、少しずつ距離をおく決意をするけれど…?
ルビー文庫

藤崎 都
イラスト／蓮川 愛
覚えておけ。
俺は狙った獲物を――逃がさない。
冷徹で純情な男
×
愛を知らない気丈なバーテンダーの
エロティック・ラブ！
束縛トラップ
黒川と名乗る命令口調で傲慢な男に
店の借金ごと買い上げられたバーテンダーの
奈津生だが…？

ルビー文庫

藤崎 都
Miyako Fujisaki Presents
イラスト／蓮川愛
超攻・保健医×優等生のドキドキ学園ラブ♡
胸騒ぎのハニー♡
いい加減にしろ！
この…ドスケベ保健医っ!!
保健医：多岐川に、出会い頭でムリヤリ襲われた瑞希。
「嫌なら俺を思い出せ」と言われてしまい――！

ルビー文庫

敬語・超年下攻×ワケあり教習所教官のノンストップ☆ラブレッスン！
藤崎都
Miyako Fujisaki Presents
イラスト／こうじま奈月
「教官、僕――
バックも上手いんですよ…？」
教習所のその後で!?
事情あって警察を辞め、今は教習所勤めの透。
失恋して酔った勢いで、教習所の生徒に抱かれてしまい…!?